Voir

Géraldine Sommier-Maigrot

Roman

Loi n°49-956 du 16 juillet 1949 sur les publications destinées à la jeunesse, modifiée par la loi n°2011-525 du 17 mai 2011.

Copyright © Geraldine Sommier-Maigrot, 2022
Édition : BoD – Books on Demand, info@bod.fr
Impression : BoD – Books on Demand,
In de Tarpen 42, Norderstedt (Allemagne)
Impression à la demande
ISBN : 978-2-3224-1383-6
Dépôt légal : Avril 2022

Avant-propos

Imaginez que vous perdiez subitement la vue. Auriez-vous peur de l'obscurité, du silence ? Pourriez-vous vous passer de musique ?

Par nécessité, les aveugles perçoivent le monde en le touchant, en le sentant, et surtout en l'entendant. Parce qu'elles peuvent se transformer en refuge, il y a des chansons dans cette histoire. Elles l'accompagnent, elles la transcendent. Quand tout est sombre, il faut bien peupler les heures.

Si vous prenez le temps, vous les entendrez qui vous supplient de les écouter au rythme de votre lecture. Et peut-être qu'alors, embarqués comme mon héroïne, vous vous mettrez vous aussi à les chanter et vous en sentirez bien.

La musique, sous les formes du chant ou de la performance instrumentale, semble véritablement universelle. Elle est le langage fondamental pour communiquer sentiments et significations. La majeure partie de l'humanité ne lit pas de livres. Mais elle chante et danse.

George STEINER

A mes parents
A mes collègues

A tous les bleus du ciel
A tous les soleils
Aux fleurs, aux châteaux
et aux vérandas

Dans les situations désespérées, la seule sagesse est l'optimisme aveugle.

Jean DUTOURD

Chapitre 1

*Tout est écrit dans les sons. Le passé,
le présent et le futur de l'homme.
Un homme qui ne sait pas entendre
ne peut écouter les conseils que la vie
nous prodigue à chaque instant.*

Paulo COELHO

Il y a d'abord ce que je ressens : un phénomène d'accablement, comme un poids qui m'oppresse, sans que je sache ce qui pèse ainsi sur mon corps et sur ma tête.

Une douleur, trop diffuse pour donner envie de crier, s'étend dans mes membres, elle me les rend proches, à ne pas pouvoir oublier leur présence. Les jambes, engourdies comme si j'avais couru un marathon. Le ventre, aussi tendu que si j'avais avalé plusieurs repas de réveillon à la suite. Les bras, lourds, si lourds, comme accablés par le poids des cartons d'un déménagement. Et la tête donc, le pire, avec des balles rebondissantes coincées à l'intérieur en train de faire la java. C'est de là qu'irradie le plus fort de la souffrance.

Est-ce que je rêve ? Est-ce que je vais me réveiller ? Je n'arrive pas à savoir si j'ai les yeux ouverts, si c'est dans mon imagination que la bataille se joue. Ou si j'y suis incluse de tout mon corps, malgré moi.

Je tente de me rappeler ce que j'ai fait dans la journée. Une sortie d'escalade trop ambitieuse ? Une falaise de trop que m'aurait imposée Benoît ? Est-ce que j'ai basculé dans le vide ?

Benoît, c'est mon mari. Commercial chez IBM et passionné d'escalade comme de tout ce qui fait dépasser les limites. Qu'est-ce qu'il m'a concocté comme programme extrême cette fois-ci ? Programme étrange d'ailleurs, qui me fait plus mal aux os qu'aux muscles. Il y a quelque chose qui ne va pas. C'est mon corps qui pleure, mais c'est ma tête qui hurle.

Peut-être est-ce parce que je rêve ? J'ai beau forcer mon attention sur ce qui m'entoure, tout m'apparaît sombre, comme dans ces thrillers cauchemardesques qui s'embusquent dans les cimetières. Il y a pourtant forcément quelque chose à voir.

Si mes yeux restent désespérément clos, mes oreilles par contre sont entrées dans la dimension du thriller et s'en donnent à cœur joie. Des souffles de machines martèlent l'air tout autour de moi, ça fait comme des zombies essayant en vain de retenir leur respiration. Je commence même à entendre leurs pas, quatre pieds qui se dandinent en se faisant tout petits, sans succès. Je les entends. Ils sont deux, ils se déplacent doucement, pour me surprendre. Et si j'ouvrais les yeux, je les verrais sûrement.

Allez Clara, ouvre-les ces fichus yeux. Fini de jouer. Il est temps de chasser les zombies et tous ces rêves idiots qui t'écrabouillent la cervelle.

* * *

Je force sur mes paupières, je leur ordonne de m'obéir : elles doivent se soulever, c'est moi qui commande, par la force motrice de mon cerveau. Elles n'ont pas d'autre alternative que de suivre mes instructions.

Elles me disent non. Elles ne bougent pas, elles restent collées. J'ai pourtant l'impression de les avoir fait cligner. L'ordre nerveux est parti, j'ai même cru qu'elles avaient rangé leur fragile pellicule rosâtre, j'ai cru sentir l'extrémité de mes cils effleurer ma peau. Alors pourquoi est-ce que je ne vois toujours rien ?

*   *   *

— Clara ! Tu es réveillée ! s'écrie une voix que je décortique en quelques millièmes de seconde.

Les mots sont agités, je pourrais dire haletants, comme hors d'haleine d'avoir couru trop vite. Mais la femme qui les prononce, je la connais, elle est douce d'ordinaire. Posée. Sensible. Trop sensible ? Qu'est-ce qui lui arrive ?

— Clara ! Tu m'entends ?

C'est fou comme sa voix flûtée me monte à la tête, on est loin des murmures des confidences qui se déposent discrètement dans les oreilles. Comme on en a échangé de ces confidences en forme de secrets, depuis qu'on s'est rencontrées sur les bancs du lycée. On nous appelait les deux contraires, moi grande, un peu ronde, les cheveux clairs, les yeux plantés dans les nuages. Elle, la peau brune, mince et souple, et les mots toujours prêts à déborder de sa bouche.

— Roselyne ? C'est bien toi ? murmuré-je maladroitement, pour dire quelque chose.

Car j'ai beau l'entendre, le fait de ne pas pouvoir ouvrir les yeux et la voir me trouble et fausse ma compréhension de la situation. Je ne fais pas confiance à mes oreilles, j'attends la confirmation visuelle de ce que j'imagine être vrai. Si je me trompais ? Si j'étais toujours prisonnière de mon rêve ? Je ne sais plus où j'en suis.

— On a eu tellement peur, déclare la voix toujours aussi agitée. Comment te sens-tu ?

Je n'ose pas lui avouer que je me sens comme quelqu'un qui serait passé sous un camion. Je commence à avoir très mal au cœur, avec comme des cercles de fer qui enserrent mon crâne. Ces cercles en tenaille m'empêchent de réfléchir, je sais pourtant qu'il y a quelque chose à quoi je dois penser, quelque chose dont je dois me rappeler.

— C'est un point positif qu'elle vous ait identifiée, déclare une voix inconnue.

Les sonorités des mots, rauques et sèches, me sont si étrangères que je mets un moment à ingurgiter leur sens. Qui est donc cet homme qui se permet d'affirmer que j'aurais pu ne pas reconnaître ma meilleure amie ? Que sait-il que j'ignore ? Il s'est passé quelque chose, forcément, qui a abouti à ces étaux glacials autour de mon front, à cette sensation d'oppression qui m'écrase.

Réfléchir. Me rappeler.

Mon corps douloureux, mes bras de part et d'autre, posés sur une espèce de tissu rêche, mes jambes toutes courbaturées, impossibles à bouger, allongées l'une contre l'autre il me semble. Allongées ? Je suis donc dans un lit ? En train de rêver de Roselyne et d'un individu revêche que je n'arrive pas à associer à un visage.

* * *

Que de bruits dans ma tête. Et des lumières. Comme des boules de feu lancées à toute vitesse, qui se télescopent, s'avalent, rebondissent sur des surfaces teintées. Du verre. Propulsé en milliers d'éclats. Un choc horrible derrière mon crâne, qui s'encastre dans une surface dure. Et une impression indéfinissable de vertige, de quelque chose en suspension dans le temps, un coup de frein brutal. Un grand cri.

Je me souviens.

Un arbre ! Droit devant ! Il se rapproche à une vitesse hallucinante, je l'aperçois d'abord en tant que corps boursouflé recouvert d'écorce, brandissant des dizaines de bras qui l'allongent et le déforment puis se rabougrissent pour ne plus former qu'un tronc opaque, un obstacle irrésistible, un aimant brut sur lequel je suis en train de me jeter.

Le pare-choc explose, la tôle s'écrabouille comme un chamallow géant, le pare-brise se déchire. C'est l'ensemble de ma voiture qui s'encastre dans l'énorme masse de bois, passant en une fraction de seconde de l'effet grande vitesse au zéro absolu. Le recul est spectaculaire, mon cou est catapulté vers le tableau de bord avant de dégringoler dans l'autre sens tandis que mon crâne s'assomme contre le plastique de l'appuie-tête.

* * *

— Vous croyez qu'elle va s'en sortir ? fait la voix de Roselyne, qui semble oublier que je l'entends.

J'ai dû perdre connaissance après l'accident. J'ai beau fouiller dans les différents replis de ma mémoire, je ne me rappelle que cet arbre lancé à ma rencontre. Le reste m'échappe, l'arrivée des secours, l'ambulance, le lit d'hôpital dans lequel je suis certainement vautrée. Ce sont là des faits auxquels je n'arrive pas à donner de consistance.

— On peut dire qu'elle s'en est déjà sortie, déclare l'homme qui accompagne mon amie. Elle est en vie, ce qui est un miracle en soi.

— Et au niveau de ses traumatismes ?

— Les plaies superficielles du corps guériront avec le temps. Nous avons pu résorber l'hémorragie à l'arrière du crâne, mais je ne vous cache pas que la force de l'impact au moment du recul risque d'avoir endommagé une partie du cerveau.

Je connaissais la souffrance physique de mon corps perclus de contusions, voilà qu'une peur sournoise s'invite à son tour et fait de nouveaux ravages. Que veut dire le chirurgien à propos de mon cerveau ? Pourquoi serait-il endommagé ?

J'essaye de visualiser la scène : il a rebondi violemment en arrière, il se peut qu'il ait été enfoncé sur plusieurs centimètres. J'ai peut-être un trou dans le crâne, dont ils ont pourtant stoppé l'hémorragie, a dit le chirurgien.

Pourquoi se comportent-ils comme si je ne pouvais pas les entendre ? Me suis-je évanouie de nouveau sans avoir eu le temps de m'en rendre compte ? Sans avoir répondu à la question de Roselyne me demandant comment je me sentais ?

J'ai dû basculer de nouveau dans le néant. Mais maintenant je suis revenue, j'entends, je les comprends, je sais qui je suis, et ce qui m'est arrivé. Et si pour le moment je ne me rappelle pas des circonstances exactes de l'accident, j'ai bon espoir que cet oubli soit une conséquence directe du choc post-traumatique que j'ai dû encaisser.

J'envoie une impulsion nerveuse à mes doigts afin de leur faire comprendre qu'il doivent bouger. Hourrah ! Je les sens remuer, j'arrive même à décoller mes chevilles et à les faire grimper de quelques centimètres, malgré la pression des hématomes. Je ne suis donc pas paralysée. J'entends, je touche le tissu rugueux des draps qui se colle à mon corps, je le palpe soigneusement, je prends plaisir à le froisser du bout de mes ongles. Je dois pouvoir parler aussi. J'essaie.

— Je... suis... vivante.

Est-ce qu'ils m'ont entendue, ou est-ce que les mots sont restés coincés dans ma tête ?

Je répète, en prenant bien soin d'articuler, la bouche grande ouverte.

— Je suis vivante.

Cette fois, plus d'hésitation. Les sons qui débouchent à mes oreilles sont bien réels, ils ne peuvent pas être juste le fruit d'hallucinations grotesques, ce serait atroce.

— Clara, tu es réveillée ! s'écrie Roselyne, avec des pleurs dans la voix. Oh, ma chérie, c'est merveilleux. Tu vas aller bien, tu verras.

Sa main s'empare de l'une des miennes et l'étrangle sans aucune douceur, comme si elle voulait s'assurer que le sang circule bien dans mes veines. Elle doit avoir besoin de se rassurer en s'emparant de la chaleur de ma paume, il lui faut de l'action, du concret, elle y met toute son énergie, elle me vampirise sans s'en rendre compte.

Mais cette douleur-là, qui pétrit ma chair, est bonne, apaisante, car elle me vient de quelqu'un que j'aime, et qui m'aime. Elle se superpose à l'autre, celle qui m'opprime de toutes parts depuis que j'ai rencontré l'arbre, je pourrais presque croire qu'elle la remplace. Presque…

Je tourne mon visage vers Roselyne pour lui sourire. Je veux lui dédier toute ma reconnaissance, en étirant le croissant de lune de ma bouche, en allumant des paillettes de joie dans mes yeux. J'aimerais bien aussi voir à quoi ressemble le chirurgien qui a fouillé dans l'intimité secrète de mon cerveau.

Mon cerveau justement ordonne à mes paupières de se soulever. Il doit y avoir un peu moins de résistance que tout à l'heure car cette fois, j'aperçois une faible clarté qui s'insinue sous mes yeux. Ce n'est plus du noir opaque qui accueille mes efforts d'ouverture, mais du gris, un gris de fumée sali à l'encre de Chine, flou, qui semble venir de tous les côtés en même temps.

— Docteur, elle ne me reconnaît pas ! s'écrie Roselyne d'une voix étrange dans laquelle je décèle de la déception, de l'incertitude et quelque chose de plus feutré, qui ressemble à de la peur.

C'est ce que j'éprouve moi aussi, de l'incompréhension devant l'inanité de mes efforts pour faire entrer la lumière, qui dégénère rapidement en panique à force d'essayer en vain de voir.

J'ai beau cligner des yeux, les fermer avec insistance afin de me concentrer au maximum pour le moment où je les forcerai de nouveau à s'ouvrir, il n'y a que cet horizon couleur d'orage, à perte de vue, alors que je sais que le visage de Roselyne se trouve à quelques mètres sur ma droite, avec son teint mat, ses lèvres pleines et ses yeux bruns. S'est-elle coupé les cheveux comme elle en parlait depuis plusieurs mois ? A-t-elle pris le temps de se maquiller pour venir me visiter à l'hôpital ? Je ne peux pas le voir ! Comme je ne peux pas voir le chirurgien qui m'a opéré et peut-être sauvé la vie, avant de me laisser affalée dans cette chambre dont j'ignore tout, la taille, la couleur des murs, l'orientation par rapport au soleil. Fait-il jour, ou est-ce la nuit ? Même ça, je ne le sais pas, j'ai beau tourner la tête à droite à gauche, de nouveau à droite. Au fond de ma rétine ne s'imprime que la palette du gris, un gris tourmenté, un gris de cendres froides. Je suis perdue dans une gangue de brouillard trop épais pour laisser filtrer la moindre lueur de réconfort.

Chapitre 2

Oh ! Quelle misère ! La destinée peut-elle donc être méchante comme un être intelligent et devenir monstrueuse comme le cœur humain ?

Victor HUGO

— Comment va-t-elle ? brait une voix tonnante.

Je sursaute. J'ai de nouveau dû m'assoupir et reçois en pleine phase de repos les intonations tonitruantes du nouveau venu. Désespérément ma tête se tourne, l'espoir me donne envie de crier, mes yeux luttent contre les ténèbres. Tel le soleil je me rêve le combattant du royaume des ombres qui renaît dans sa gloire scintillante à chaque nouvelle aurore. Je combats les dragons, les monstres des profondeurs, je me tends de toutes mes forces vers cette voix mâle qui m'appelle, me brûle, m'excite. Benoît ! Mon compagnon depuis dix ans, aujourd'hui réduit à cet invisible lanceur de mots, sur un fond décoloré qui annonce les tempêtes.

J'avoue platement mon impuissance. Mes yeux ne voient toujours pas, mais ils dégoulinent quand même de torrents de pluie. Ce ne sont pas mes glandes lacrymales qui souffrent, c'est mon cerveau, comme l'explique le docteur à mon Benoît furieux.

— Les organes visuels de Clara sont intacts, mais les connexions entre les yeux et le cerveau sont coupées. Cela ne veut pas dire qu'elle voit noir, en fait elle ne voit rien.

— Mais puisque rien n'empêche la lumière de traverser les structures de l'œil, pourquoi ne la voit-elle pas, cette lumière ? s'énerve Benoît.

— Dans son cas, les lésions ne proviennent pas du nerf optique mais d'une commotion cérébrale. Cette commotion a généré une atteinte neurologique qui a perturbé les signaux permettant aux yeux de travailler en paires et au cerveau d'intégrer l'information.

— Vous avez effectué des tests ? La reconnaissance d'objets ? Ses réflexes suite à une projection de lumière ? demande Benoît toujours aussi furieux.

Sa fureur commence à prendre racine dans ma tête, elle se met à enfler, à y tourbillonner.

Quand donc vont-ils s'apercevoir que l'objet de leur dialogue est bien réveillé et les entend parfaitement ? Croient-ils que, parce que je ne vois pas, je deviens une quantité négligeable, dont on peut parler comme un sujet d'expériences anodin, sans s'adresser à elle directement ? Je ne suis ni sourde ni muette ni complètement débile, malgré cette fichue commotion cérébrale qui m'est tombée dessus.

— Elle ne répond pas aux tests. Son champ visuel est nul.

— Mais une lésion cérébrale, ça s'opère !

— Mr Danglin, soupire le chirurgien, l'étendue des lésions cérébrales varie beaucoup d'un individu à l'autre. Dans le cas de votre compagne, c'est malheureusement le cortex visuel qui a été atteint lors de l'accident. Ce cortex est chargé de traiter les informations visuelles, il occupe le lobe occipital du cerveau, là, à l'arrière. Regardez ces clichés. Il se situe sur la berge de la fissure calcarine, et lors de l'impact, un trou s'est creusé. Vous voyez comme c'est enfoncé ? On ne peut pas le réparer.

* * *

On ne peut pas le réparer.

Le choc est terrible. Comme une électrocution. Un morceau de montagne qui me dégringole dessus. Mon cœur manque quelques battements, puis repart de plus belle, affolé. Il tressaille dans ma poitrine sans vouloir comprendre. Sans vouloir admettre l'inadmissible. L'inéluctable plongée dans le vide, le froid, la nuit.

La peur. Elle surgit, implacable, elle dévore chaque nerf, chaque neurone. Je me sens tout d'un coup oppressée, avec un goût de bile qui barbouille ma bouche. J'halète, je vais vomir, c'est atroce. Une sueur glacée transpire sur ma peau et tremble au même rythme que mes jambes et mes mains.

La nuit, c'est l'absence de lumière, le danger qui se tapit en enroulant ses subtiles tentacules, relayé par un sentiment d'abandon qui rend encore plus vulnérable. C'est la grotte féroce où grouillent des présences invisibles. L'abîme qui se fait vertige et engraisse nos terreurs les plus intimes. Des gens sont devenus fous en s'y perdant.

Je ravale les relents immondes encore stagnants derrière mes lèvres, je lutte pour ralentir ma respiration. Une tempête de non inutiles résonnent dans mon crâne, des non incrédules, des non furieux, des non terrifiés, qui se cognent, gémissent, pleurent, et hurlent.

NOOOONNNN…

* * *

On ne peut pas réparer.

Ce n'est pas vrai ! C'est impossible !

Le chirurgien montre à Benoît ce fameux trou irréparable dans mon crâne, sur des radios que je ne verrai jamais. Il s'arrête là dans son petit discours médical, et c'est là aussi que ma vue s'arrête. Que ma vie s'arrête. Ma vue, ma vie. Les deux sont inextricablement liées. Sans mes yeux, qui suis-je ? Ils constituent mon outil de travail, et celui de tous mes loisirs. Le monde dans lequel je vis est un monde entièrement visuel, où s'entremêlent les avions que je contrôle, les livres que je lis, les falaises que je grimpe, les couleurs, les formes, les maisons, les arbres, les gens. Le monde ! Je ne peux pas m'en passer. Je ne peux pas vivre en dehors de lui. C'est comme si tout d'un coup on me cloîtrait dans un cachot aveugle, sans que je l'ai mérité.

La révélation est trop brutale. Je n'arrive pas à la saisir en entier. Comment est-ce possible que la vue soit ainsi coupée en une seconde, comme si quelqu'un s'était contenté d'appuyer sur un bouton, comme ça, par hasard, pour s'amuser ?

Je ne dis rien, je ne pose pas de questions. Je suis comme assommée par la nouvelle qui me condamne à une nuit perpétuelle. Au vide infini. A la peur qui n'en finit pas de jaillir des ténèbres.

Peu à peu je prends conscience que tout ce qui m'environne n'existe pas. Il n'y a plus de forme, rien qui ait de la consistance, de la couleur. Rien que du gris, un gris de ténèbres, un gris de cendres à l'infini, dans lequel je ne suis pas à ma place, mais qu'on m'impose malgré moi, en ricanant et en me soufflant : maintenant, continue ton chemin au milieu du néant, trouve-toi une raison de vivre !

Ce qui reste, c'est un sentiment atroce de débâcle, de perte inénarrable, de panique. En me retirant la vue, c'est comme si on me condamnait à une lente, très lente agonie.

* * *

Il n'y a pas si longtemps, quelques jours seulement, j'ai pris l'ascenseur qui dessert la Tour de contrôle de l'aéroport de la ville, sans y attacher l'importance qu'on accorde aux choses définitives. La cabine s'est élevée lentement le long du tunnel de béton et m'a déposée à l'orée de la gigantesque bulle de verre. Je me suis installée comme d'habitude devant les écran radar, j'ai ajusté mon casque sur mes cheveux, sans savoir que ce serait la dernière fois.

Déjà une voix virile résonne dans mes oreilles à travers les écouteurs de feutre :

— Bonjour La Tour, ici, AF483BV, nous arrivons au point d'arrêt, nous sommes prêts au départ.

L'appel du pilote d'Air France préfigure la longue liste de vols à guider en toute sécurité à travers l'espace aérien de la plateforme aéroportuaire. Je fais décoller une dizaine d'avions avant de recevoir l'appel de la première arrivée que j'autorise à atterrir sans attendre puisque la piste est libre. Déjà un deuxième appareil puis un troisième et un quatrième se présentent, établis sur l'axe final, les uns derrière les autres, à la queue leu leu, telle une immense guirlande de petits points lumineux dans le ciel. Toute une vague de vols se déploient là depuis les différentes capitales européennes et se positionnent, comme dans un entonnoir, pour glisser sur une ligne imaginaire qui les relie les uns aux autres jusqu'à la piste.

Des hélices lentes se mêlent aux jets performants, il y a rattrapage, il faut réduire. Celui-ci ne vole-t-il pas trop près du précédent ? Est-il bien stabilisé ? Il faut vérifier qu'il est correctement établi sur le plan de descente, réduire encore, faire dégager rapidement le premier de la piste pour pouvoir poser le second, croiser, traverser, autoriser.

Mes yeux volent entre mon écran radar et les verrières de la Tour ouvertes sur le bitume des pistes, à la recherche de la position réelle des avions. Ils regardent, ils observent, ils contemplent les silhouettes majestueuses de tous ces oiseaux géants peints qui s'élancent gracieusement dans le ciel de mes souvenirs.

Rideau. Le ciel reste gris désormais, et uniformément vide, sans rien à aiguiller. Mes yeux en sont incapables, je suis une infirme. Jamais plus je ne guiderai les avions les uns derrière les autres, jamais plus je ne les croiserai, les ferai atterrir et décoller, comme exécutant un ballet gracieux dont je suis le chef d'orchestre. Jongler avec leurs vitesses, leurs niveaux de vol, leurs trajectoires. Surveiller. Rectifier. Anticiper, décider vite, réagir encore plus vite, rester concentré. Tout cela se fera désormais sans moi.

Jamais plus je ne les verrai à portée de bras s'élever au-dessus des nuages et danser.

Je pleure à gros bouillons désespérés, je ne veux pas y croire, je m'étrangle à force de crier.

* * *

On ne peut pas réparer.
NNNOONN.
Pitié !
Pas çà !
Pas mes yeux ! Laissez-moi mes yeux !

Je suis en train d'être torturée, sans pouvoir rien faire pour que le supplice s'arrête. Ni mes gémissements, ni mes cris de révolte, ni ma souffrance qui, pourtant, n'en peut plus de se contenir, rien ne sonnera le mot fin.

Rien ne me rendra la vue. Personne ne m'aidera. Il y a des choses qui ne se réparent pas. Je suis maudite !

* * *

On ne peut pas réparer.

— Tu vas être mise en état d'incapacité permanente. Tu seras indemnisée puis certainement pensionnée, déclare Benoît. Comme c'est arrivé alors que tu revenais de la Tour, on peut l'assimiler à un accident du travail.

Il vient de me ramener à la maison. Il tente de me consoler, il s'est renseigné pour moi sur les différents degrés d'invalidité et les rentes associées.

Mais je m'en fous, je ne l'écoute pas. Mes yeux sont inexistants, alors plus rien ne m'intéresse. Il s'agit dorénavant de trouver à passer le temps jusqu'à la tombe. Le temps, c'est-à-dire des heures entières, des semaines, des mois sans mon travail adoré et désormais inaccessible, sans mes occupations habituelles. Piégée dans une obscurité impalpable mais pourtant écrasante.

J'ai froid, et la grisaille qui m'enveloppe me fait peur. Rien ne la traverse, ni aujourd'hui, ni demain. C'est cela le pire : devoir se dire que plus aucune lueur ne s'allumera. Que les insectes me guetteront sans que je m'en doute, les grosses araignées velues prêtes à grimper sur ma peau, avec leurs longues pattes difformes et leur abdomen hideux. Et rien pour éclairer la nuit, contrairement aux gens ordinaires qui accueillent chaque aurore avec soulagement.

Une très lente agonie...

Au secours ! Je hais l'obscurité, les fantômes, les chauve-souris sous les poutres, les craquements invisibles qui cachent des milliers de petites bêtes, le silence qui prend à la gorge.

L'obscurité, c'est la mort.

* * *

Comment Benoît peut-il espérer me consoler ? Chaque week-end nous allions grimper tous les deux, en salle l'hiver, et aux beaux jours, le long de falaises béantes sur des panoramas prodigieux. Sans mes yeux, comment puis-je continuer à escalader ? Mes mains et mes jambes le pourraient peut-être, sur des voies familières, à force de tâtonnements précautionneux. Mais l'escalade au bord du précipice n'est pas tout, il y a surtout l'extase de ne faire qu'un avec la roche sous le soleil, lorsque d'un coup d'œil émerveillé on embrasse les cimes scintillantes, l'azur des criques blotties tout en bas, et au-dessus de soi, l'horizon à perte de vue.

Mon unique horizon à présent se cloître au fond d'une grotte trop profonde pour laisser entrer la plus infime parcelle de lumière.

Quand je grimpais, c'était pour voir, plus loin, plus haut, plus fort. Pour *REGARDER comme la vie est belle, quand elle danse sous le soleil[1]*.

La vue est notre repère sensoriel dominant, elle est le début de toute chose, tout véhicule à travers elle, et sans elle, il ne reste rien.

J'ai une peur bleue, je suis poursuivi par l'armée rouge[2]. Pour toi j'ai pris des billets verts. Il a fallu que je bouge. [...]. Je t'ai offert une symphonie de couleurs.

L'escalade m'a offert cette symphonie d'arcs-en-ciel, et désormais c'est tout au fond, dans la brume plaquée au sol, impénétrable et glacée, que je suis condamnée à vivre.

Mais vivre ? A quoi bon ? Vivre comment ? Pour espérer quoi ? Quelle lumière ?

* * *

Benoît organise mon quotidien. Il me fait tourner dans chaque pièce de la maison jusqu'à ce que je ne me cogne plus. Quand je me déplace, je visualise dans mon cerveau l'emplacement exact des meubles, je sais où sont posés les couverts, les ustensiles de cuisine, les verres à eau et à vin, les serviettes.

Il m'aide à ranger mes vêtements par catégorie, dans des tiroirs dédiés, dispose mes produits de toilette à gauche de l'évier, dans un petit panier qui m'est désormais réservé. Il organise ma prison, et ma dépendance.

Je ne dis toujours rien, j'attends que ça passe. Il n'y a pas encore suffisamment de jours écoulés pour que je réagisse, pour que je sombre tout au fond.

Je mange les produits que Benoît nous fait livrer. Je ne fais pas la cuisine, je me contente de déchirer les cartons et je les réchauffe dans le four micro-ondes.

Puisque tout est gris. Les aliments comme les vêtements, comme les livres, comme les coussins que j'installe sous ma tête pour dormir.

Je dors beaucoup, je n'ai pas récupéré des fatigues de mon accident. Je dors telle la marmotte qui attend le printemps, sauf que moi je n'ai rien à attendre, je suis piégée dans un éternel hiver.

Je sais que quand le sommeil me quittera, quand j'aurai suffisamment récupéré mes forces pour ne plus sombrer dans une hibernation protectrice, ma nuit alors sera sans fin, et j'aurai constamment peur, je connaîtrai la terreur lancinante des ténèbres nocturnes qui se peuplent de fantômes et de monstres et qui ne peuvent se dissiper qu'en laissant entrer la lumière.

* * *

Aujourd'hui tout est gris. Et demain sera gris aussi. N'est-ce pas absurde ? Tout ce qui m'est arrivé est absurde. Tout ce qui m'entoure l'est davantage encore et me semble impossible. C'est un cauchemar sans fin, je hurle, je veux me réveiller.

Je finis par l'implorer, ce gris de ténèbres. Ma raison se révolte, mais le gris imperturbable ne s'ouvre pas. Plus jamais il ne s'éclaircira. Je suis condamnée à l'obscurité perpétuelle.

Demain il fera gris dans mes yeux. Et aussi après-demain. Et le jour d'après.

Je veux mourir.

Je veux retrouver ma vie d'avant.

* * *

J'aime les livres. J'aime la lecture. Et au final, plus que la perte de mon travail, plus que l'abandon de l'escalade, c'est la fin de mes escapades dans les mondes littéraires qui m'étouffe le plus. Un travail, on en trouve un autre, ou on se fait payer une pension d'invalidité. Une activité sportive, on peut toujours la remplacer, faire du vélo elliptique, ou de la marche à tous petits pas en s'accrochant à son bâton d'aveugle comme à sa vie. C'est toujours mieux que rien. On se résigne. Mais quand on a passé des heures chaque semaine à lire, comment remplacer les pages, les mots, les phrases qui nous emportent dans des mondes imaginaires, de l'Afrique verdoyante et sauvage aux glaciers de lave d'Islande, de la Renaissance artistique aux futurs fantaisistes des dystopies de science-fiction ? Par quoi remplacer ces heures ?

Benoît m'incite à apprendre le braille. Utiliser le sens du toucher au moyen de points en relief.

— Apprendre le braille, c'est comme apprendre une seconde langue, pérore-t-il.

Six points en relief, pour soixante-trois combinaisons de cellules. Je m'applique à caresser les petits points bosselés, j'y passe plusieurs heures par jour, dans le but d'avoir accès à... quoi en fait ? Où est la magie des lignes que l'on dévore ? Où se cache la musique des phrases ingurgitées par les yeux ? Le pire, c'est ce sentiment exaspérant que l'histoire n'avance pas, il me faut des heures pour relayer quelques phrases, alors qu'avant je dévorais plusieurs livres par mois.

Avant...

Benoît me répète que je ne dois pas comparer l'avant avec l'après, je dois oublier ce mot. Je dois renoncer. Renoncer à ce qui me passionnait, à ce qui m'émouvait. Devenir une machine à lire le braille, capable de déchiffrer une ligne en un quart d'heure.

L'évasion dont j'ai tellement besoin devient un problème.

Je n'arrive pas non plus à m'empêcher d'avoir peur.

* * *

— Tu devrais prendre exemple sur Ray Charles, s'énerve Benoît. Il est devenu aveugle à l'âge de sept ans, des suites d'un glaucome. Sa mère l'a placé en pension, dans une institution spécialisée pour sourds et aveugles. Durant neuf ans, il y apprend le braille, la composition ainsi que la pratique de plusieurs instruments. Tu connais la suite de sa carrière.

Un succès fulgurant. Un talent fou. Hit the Road Jack, What'd I say. Georgia on my mind. La voix noire qui a offert la musique Soul au monde. Inimitable bien sûr.

N'empêche que ce ne sont pas ces rythmes-là qui s'accordent avec mon humeur. Ce que je vis est le retour au néant absolu, à l'obscurité la plus noire, celle qui oppresse, s'infiltre dans chaque émotion, et la fait mourir de tristesse.

> *Noir c'est noir[3]*
> *Il n'y a plus d'espoir*
> *Oui gris c'est gris*
> *Et c'est fini [...]*
> *Je suis dans le noir*
> *J'ai du mal à croire*
> *Au gris de l'ennui [...]*
> *Noir c'est noir*
> *Il n'est jamais trop tard*
> *Pour moi du gris*
> *Je n'en veux plus dans ma vie.*

* * *

Benoît s'agace.

— Mes parents me faisaient écouter cette chanson, comme l'ont fait les tiens. Je la connais bien. Tu oublies les dernières paroles, rappelle-t-il. « *Noir c'est noir, il me reste l'espoir.* »

Est-ce qu'il est furieux contre moi ? Cet aparté à propos de mes parents est si maladroit, si cruel, si inutile. Comprend-il ce que j'endure, le vide de mes jours, le désespoir qui ne me quitte pas ? Veut-il encore rajouter à ma détresse en faisant intervenir l'absence de mes parents ?

Il insiste.

— J'ai lu que Gilbert Montagné avait été mis en couveuse à sa naissance, mais qu'il avait reçu un air trop riche en oxygène dans l'appareil, ce qui a provoqué une rétinopathie. Mais cela ne l'a pas empêché de devenir ce qu'il est.

Je ne prends même pas la peine de lui répondre. Je ne connais rien au solfège, à la musique, je ne joue pas d'instrument. C'était dans les livres que je créais mon propre univers, à travers l'univers littéraire des auteurs. Et je rêvais.

Je rêvais au Moyen-Age de Jeanne Bourin. Aux tailles des corps serrées dans de larges ceintures de cuir cloutées d'argent, aux surcots de tiretaine sans manche, aux doux manteaux de cendal, aux salles encombrées de bahuts, de coffres, de vaisseliers, de vitraux de couleurs sertis de plomb.

J'en rêvais, et j'en rêve encore, puisqu'il ne me reste plus que ça. Puisque seuls les souvenirs et la puissance de l'imaginaire me permettent d'animer mon écran intérieur par-dessus le gris qui me séquestre. Ce n'est pas le silence que je peuple, c'est ma nuit si désespérément éteinte.

Je m'imagine portant une cotte de soie cramoisie, et par-dessus un surcot de toile brodé de fleurs. Un cercle de métal précieux repose sur mon front.

La fièvre me gagne, je me plonge toute entière dans l'histoire de « La chambre des

Dames » que j'ai tant aimé lire autrefois. Je tente de me la rappeler, je fouille dans ma mémoire, mais les mots de naguère restent piégés dans ce coin de passé où la lecture se faisait rapide, et plaisir immédiat.

Benoît me fournit le livre en écriture braille, je m'impatiente furieusement sur les points. J'ai tellement envie de redécouvrir l'ambiance du récit, mais elle m'échappe, retenue prisonnière par la lenteur de mon toucher, elle n'arrive pas à s'étoffer et à prendre son envol.

— Tu devrais te reposer, aboie Benoît en me voyant m'escrimer avec mes doigts sur mes pauvres points bombés.

Comme si l'on pouvait se reposer de flotter dans le néant. De n'avoir envie de rien. D'avoir peur.

Ma bouche se bat contre des cris de détresse silencieux, mes yeux se brouillent, sans que je cherche à l'expliquer. On n'explique pas le vide.

Je chantonne tristement, en parodiant Lama :
— Je suis aveugle[4],
complètement aveugle,
cernée de gris immeubles.

Ca fait comme un leitmotiv condamné qui appelle au secours, mais personne ne répond.

Cette cécité *me tue*
Si ça continue
Je crèverai seul avec moi
Près de ma radio
Comme un gosse idiot
Écoutant ma propre voix
Qui chantera...
Je suis aveugle,
Complètement aveugle
Comme quand ma mère sortait le soir
Et qu'elle me laissait seul avec mon désespoir
Je suis aveugle,
C'est ça je suis aveugle [...]
Et j'ai le cœur complètement aveugle,
Cerné de gris immeubles,
T'entends, je suis aveugle...

* * *

La cécité est une maladie, une des pires, parce qu'elle ne se soigne pas. Même un patient atteint d'un cancer pulmonaire en phase terminale peut dans certains cas espérer une greffe de poumon. Un cœur très abîmé peut se remplacer. Il y a parfois de l'espoir.

Ma cécité n'en a pas. Il n'y a pas de rémission possible. Pas de caractère éphémère et transitoire qui laisse croire qu'il reste des choses à venir.

Elle est pire que le crabe grignoteur du cancer, d'autant qu'elle n'est pas mortelle à court terme. Mais à long terme ? Comment accepter cette existence ? Comment vivre dans une nuit éternelle ?

L'obscurité, la brume, le froid, les étoiles inutiles. La solitude. Mes mains se crispent et se débattent, ma bouche crache des cris d'horreur, des cris de désespéré en train de lâcher prise.

Chapitre 3

*Lorsqu'on est à demi-mort,
on s'installe dans l'indifférence.*

Patrick CAUVIN

Roselyne est venue me voir, pour me changer les idées comme elle dit. Elle m'apporte une boîte de mes chocolats préférés, un praliné goûteux coulé dans des coques craquantes. Je m'en goinfre, c'est comme une récompense, une pathétique tentative pour essayer de pallier à ce qui me manque plus que tout, compenser le vide.

— Dans la Perse du XIème siècle, le sultan traitait ceux qui le trahissaient en les faisant égorger, en les bannissant, ou en les aveuglant, dis-je.

Roselyne, qui veut se montrer aimable, accepte d'entrer dans mon jeu macabre.

— Comment s'y prenait-il ? demande-t-elle.

— Avec un fer rougi au feu. Rendre aveugle était considéré comme le châtiment suprême, à peine moins lourd que la condamnation à mort.

Je déguste un nouveau chocolat, comme si c'était là le dernier plaisir qui me restait sur Terre. Et quand j'y pense, je me dis qu'en effet il ne me reste pas grand-chose en dehors des plaisirs de la table. Je les engouffre comme le malheureux condamné en attente de son exécution dans son cachot sinistre.

— N'oublie pas de te servir, dis-je poliment, parce que j'ai l'impression que Roselyne n'a pas osé en manger un, de peur de grossir, ou plutôt parce que contrairement à moi, elle n'a pas besoin de compenser.

— Ils sont pour toi, réplique-t-elle d'une voix qui se veut assurée mais manque sournoisement d'entrain.

— Alors comment ça se passe pour toi ? Raconte-moi. Il y a quelque chose de neuf ?

Elle me décrit les banalités d'usage, que son fils cadet parle de partir cet été faire un stage de voile, que son aîné la dépasse désormais de deux centimètres, il a poussé si vite qu'elle n'a pas vu le temps passer. C'est du moins l'expression que je crois entendre, tant je rapporte tout à ce précieux sens qui ne m'appartient plus. Voir ! Ne serait-ce que quelques minutes par jour, sur rendez-vous, en faire mon objectif de la journée, tout miser sur cet espoir, puis attendre le lendemain que les ténèbres pendant quelques instants se déchirent. On peut bâtir une vie sur un éclat de lumière.

Les larmes débordent une nouvelle fois le long de mes joues, sans que je puisse les retenir.

Elle se plaint que le temps file trop vite, sans qu'elle s'en rende compte. Tandis que pour moi, il s'étire en une infinité d'heures moroses, inoccupées, toutes plombées de ce gris sauvage qui jamais ne s'éclaire.

Bercée par la voix de Roselyne qui raconte ses enfants, je tente pour la millième fois de laisser entrer la lumière. Je la sens qui pulse et qui pousse derrière mes paupières, c'est comme un flot impérieux dans lequel les rayons lumineux se bousculent. Mais le barrage implacablement s'érige devant, il se referme, il entasse ses pierres si grises, si bien jointes que rien ne réussit à traverser. La nuit ne veut pas se lever.

La voix de Roselyne me parvient à travers le même brouillard confus que celui qui se plaque jour après jour devant mes yeux. J'entends vaguement qu'elle se plaint de son mari et se demande si elle l'aime encore. Elle tient pour ses enfants. L'embrasser ? Faire l'amour ? Elle n'en a plus envie.

Moi j'ai envie que Benoît me fasse l'amour. Même sans le voir, je prends plaisir à le caresser, je laisse glisser mes doigts le long de son ventre plat, je joue avec les poils hirsutes de son torse, je redessine ses épaules, ses hanches, ses fesses. Je les connais si bien. C'est comme si on faisait l'amour dans le noir. Tellement de gens le font. Je garde les yeux fermés comme je le faisais avant, pour mieux ressentir jusqu'au bout quand il me touche, quand il me pénètre.

C'est une compagnie plaisante qui repousse les ombres jusqu'à l'instant où rien ne pourra plus les retenir.

* * *

Les premières années de notre rencontre, nous faisions l'amour de préférence le matin, quand les premiers rayons de l'aube irisaient la fenêtre aux volets laissés ouverts, comme pour profiter de ce déploiement de pétales d'une si inspirante tendresse. Nos yeux papillonnaient pour vérifier que nous avions encore quelques minutes à paresser, puis retombaient dans leur somnolence, tandis que, rassurées, nos mains baladeuses commençaient leur délicate exploration. Les paupières s'entrouvraient sur un sourire échangé, elles s'émerveillaient des roses et des rouges qui se déposaient sur nos peaux entrelacées, elles glissaient malicieusement en direction du sexe assoupi, puis glorieusement dressé.

Nos aubes sensuelles déployaient aussi parfois de subtiles palettes de gris dans leurs réveils pâteux, quand elles se retrouvaient prisonnières d'un couvercle de nuages si lourd qu'il en emplissait les yeux.

C'est désormais ce gris saturé d'encre qui barbouille sans fin mes réveils. Je n'ai plus accès aux autres, les nacrés, les orangés, les flamboyants.

* * *

Roselyne me raconte qu'à cause de mon absence, Benoît l'a invitée à l'accompagner pour une sortie escalade au Mont de la Fée. Comme c'est joliment dit. Elle parle de mon invalidité comme d'un passage éphémère qui ne saurait durer. Croit-elle que si je me cogne violemment la tête contre un mur, le trou à l'arrière de mon cerveau va se résorber pour compenser, et que je vais retrouver la vue ?

Je l'ai bien cru, moi. Dès mon retour de l'hôpital, je me suis projetée contre la porte d'entrée de la maison. J'ai préféré éviter le béton des murs, trop abrasif, il me fallait du solide jusqu'au cœur. Le chêne poli, à la fois dur et lisse, m'attirait irrésistiblement, comme une réminiscence de la matière qui avait déchiqueté ma voiture.

Je me suis précipitée sur l'arbre en tranche, le front en avant, en espérant de toutes mes forces qu'il y aurait transfert d'énergie, que les neurones sains glisseraient vers l'arrière et remplaceraient ceux qui avaient été lésés. Je voulais aussi me blesser, jusqu'à la mort peut-être, puisqu'elle planait déjà à l'intérieur de moi.

L'impact a sculpté une énorme bosse au ras de ma frange. Quand je la palpe, je me dis qu'une corne de rhinocéros va en sortir, ou une corne de licorne. Ce serait merveilleux car, symbole de pureté et de liberté, la licorne, grâce au pouvoir magique de sa corne, est capable de soigner.

Quelle idiotie ! Je deviens folle. C'est la réaction qu'a eu Benoît quand il m'a retrouvée le front endommagé, en rentrant de son travail. Il a eu peur de mes excès.

Il ne peut pas comprendre ce que j'éprouve. Depuis des années il vit dans le monde des apparences, celui des costumes sur mesure qu'il doit porter chaque jour à son bureau, des chemises en soie bien repassées, des réceptions mondaines avec les différents directeurs de son entreprise, ou avec les acheteurs potentiels auxquels il faut cirer les pompes, en les gavant de bons repas et de vins coûteux. Il n'y a pas de place pour une aveugle dans ce monde-là.

Il essaye pourtant. Il commande les courses à domicile, fait la cuisine ou nous fait livrer des plats chinois, parfois créoles. Il allume le feu chaque soir, pour que j'en entende au moins le doux crépitement, sa chaleur et l'odeur de cendres qui parfois se mêle à la sève sèche des bûches.

Si je faisais exprès de mettre mes mains trop près de la source du brasier, et laissais les flammes me manger la peau, est-ce qu'il décréterait qu'il faut que quelqu'un reste à mes côtés en permanence ? Est-ce qu'il me jetterait dans une maison de repos ?

Que peut-il comprendre de mon indifférence à la vie, à la mort ? Je ne lui parle pratiquement plus. Je n'ai plus rien à dire, à part me plaindre, hurler ma colère et mon désespoir, et ce ne sont pas ces cris de démente révoltée qu'il veut entendre.

* * *

Il n'a pas su la deuxième fois où j'ai traversé la salle de bains en courant pour m'emplafonner contre les carreaux de marbre. J'aurais pu mourir, c'est ce que je voulais, c'était la seule volonté qui m'animait encore, la volonté d'en finir avec les ténèbres dans ma tête, avec ce nouveau monde obscur dans lequel je ne sais plus où me cacher.

Mon crâne s'est montré trop dur, il a résisté brillamment. Je l'ai cogné plusieurs fois contre la pierre, elle devait être rouge de sang par-dessus le beige originel. Comme un taureau furieux j'ai chargé. J'étais pleine de rage, j'avais envie de m'en prendre à la Terre entière. Je prenais à témoin pour le maudire l'arbre responsable de ce stupide accident, la route glissante de pluie qui avait aspiré ma voiture, la nuit qui m'avait empêchée de tenir compte du virage sur ma trajectoire, pour finir par cette autre nuit perpétuelle dans laquelle je suis irrémédiablement plongée. Cet enfer. C'est trop injuste.

Alors mourir. Pour partir. Puisqu'il me faut renoncer à tout ce qui faisait ma vie.

* * *

Mon front s'est montré plus têtu que le carrelage de marbre. Ou je n'ai pas frappé assez fort. C'est donc si difficile de se faire mourir ? Y a-t-il eu quelque chose qui m'a retenue ?

Ce soir-là je sautai sur Benoît avec une voracité qui le fit gémir de plaisir. Il ne s'agissait pas seulement de l'envie de jouir, mais du besoin viscéral de me sentir vivante, et de me le prouver.

Au moment de nous endormir, je me suis rappelée avec une effroyable nostalgie ma première visite dans la Salle de contrôle de l'aéroport. Comme si après le sexe, qui me prouvait que pour ça au moins, j'étais capable de voler quelques paillettes de bonheur, je faisais exprès de me faire du mal en pensant à ce que j'avais perdu. J'avais surtout besoin de me remplir d'images pour lutter contre mon néant revenu dès que l'orgasme avait reflué.

C'était l'heure de pointe et la Salle chauffait, elle vibrait sous la trépidation des contrôleurs qui s'activaient devant les écrans et des téléphones qui criaient. Le plafond laiteux ondulait comme sous l'effet d'un souffle puissant, celui de la fièvre des aiguilleurs qui rejaillissait sur les pilotes bourrant au maximum leurs engins. Il y avait là le ronflement continu d'une machine à l'œuvre, derrière le défilé des avions entassés, poussés de tous côtés avant d'être jetés en pâture aux Centres de contrôle voisins.

D'autres souvenirs me revenaient, pleins de tendresse. J'avais besoin de les rappeler dans ma tête parce qu'ils faisaient partie de moi, je pouvais m'en servir pour me rassurer en me disant que moi, oui moi, j'avais au moins vécu cela.

Les images de ma première séance de formation me revinrent en bloc. Je m'étais dit que je n'y arriverais pas, j'avais eu envie de crier au secours et de m'enfuir en laissant tout tomber. Sauf que dans le ciel ne s'épanouit aucun parking, aucune place pour se ranger et passer son tour, aucune porte de sortie. Il n'y a pas de game over. Seuls plusieurs kilomètres de vide se culbutent en réponse, empêchant quiconque de souffler ou de s'arrêter cinq minutes. Les avions avaient continué à se précipiter impitoyablement dans le ciel, et j'avais dû continuer.

Je n'en revenais pas de me rappeler comme si c'était hier combien ma tête m'avait semblé prête à exploser, jamais je ne m'étais sentie aussi tendue, aussi raide, comme une branche de bois mort durcie au feu. Toute la sève de mon corps semblait avoir quitté mes membres pour se réfugier dans mes yeux et mon cerveau. Aller plus vite, limiter au maximum les messages, garder son calme pour retenir la concentration. L'apprivoiser.

— Fais-le descendre, vérifie sa vitesse, réduis le Boeing, ces deux-là sont trop proches, disait le contrôleur référent qui me monitait. Accélère ta prise de décision !

Moi j'avais la tête sous l'eau et les yeux dans le rouge. Mes oreilles bourdonnaient. Je répétais comme un perroquet les consignes que me soufflait mon professeur, je n'arrivais pas à penser par moi-même. Il n'y avait pas le temps, je me sentais comme traquée, dans l'impossibilité de réfléchir. C'était la surcharge, je me noyais.

Un autre paquet d'avions se présentait déjà à l'entrée du secteur, des appels retentissaient à la radio.

— Hein ? Quoi ? Quel pilote appelle ?
— Tu ne vas pas assez vite. Tu te laisses déborder, avait dit mon professeur. Pousse-toi, je reprends la fréquence.

J'avais reculé précipitamment mon siège tandis que le contrôleur expérimenté tournait les derniers avions de la nouvelle série afin de leur faire perdre quelques précieuses minutes tout en les espaçant. Il passait d'un appareil à un second, en ralentissait un, augmentait le taux de descente d'un autre, en écartait un troisième par la gauche pour le faire doubler par un jet plus rapide. Sa voix sautait d'un conflit à l'autre, nette, autoritaire, acérée.

Comment fait-il pour gérer tout ça en même temps ? J'étais complètement découragée. Je paniquais devant cette révélation brutale de ce que pouvait être une séquence de trafic et de ce dont devait s'avérer capable un contrôleur. Je me répétais avec une détresse qui me paraissait insurmontable que je n'y arriverais jamais. Les avions étaient trop nombreux et filaient trop vite, il aurait fallu pouvoir en arrêter certains, comme on oblige les camions à se garer sur les parkings les samedis de vacances. Il n'y avait pas assez de temps pour à la fois réfléchir et agir.

Pourtant mon professeur le trouvait ce temps, et la ligne d'avions à l'arrivée s'étendit bientôt tel un train aux multiples wagons, ligne vivante, matérialisée sur l'écran radar par des petits ronds qui l'étiraient en longueur comme un élastique. C'était fini, la ligne d'avions se rapprochait de la piste, les lumières de leurs phares rayonnaient comme des étoiles à la file. Le premier se posait, puis le deuxième, et ainsi de suite jusqu'au dernier.

C'était étrange de me rappeler cette première séance, prélude à plusieurs mois d'entraînement intensif à l'issue desquels, enfin, j'avais fini par réussir. Pourquoi éprouvais-je le besoin de me replonger dans la fièvre de mes débuts professionnels ? Peut-être cela venait-il du plus profond de ma conscience, là où se logent les regrets et les questionnements. Puisque maintenant, je dois dire adieu à tout ce qui a rempli ces années de labeur, à tous ces efforts, à cette satisfaction que j'aimais ressentir quand je remplissais ma tâche avec efficacité et avais droit aux remerciements des pilotes.

Adieu les bousculades d'avions aux heures de rush, adieu les messages qui virevoltent à travers le ciel. Adieu aussi les heures tardives de la nuit, quand la Salle et la Tour de contrôle, bourrées d'avions dans la journée, gavées jusqu'à l'os, cuvent leur trop plein d'émotions et de concentration rude. Elles se reposent enfin, leurs grands yeux de métal et de verre reflètent les quelques appareils qui s'aventurent encore, elles les accompagnent en bruissant doucement, histoire qu'ils ne se sentent pas trop seuls là-haut dans le noir. Adieu, adieu…

Que vais-je devenir sans eux ? Que devient-on quand on n'a plus d'yeux ?

Chapitre 4

*Je sentais la présence des arbres, l'odeur de
la mousse et de la terre. J'étais aveugle.*

Franck BOUYSSE

Benoît est rentré du travail tout transpirant d'alcool. Des effluves de whisky collent à sa bouche et sa voix colporte des sonorités incertaines qui ne lui ressemblent pas. Je ne lui pose pas de questions sur son emploi du temps après le bureau. A quoi bon ? Je sais. Pour se donner le courage de supporter l'aveugle qui végète chez lui, il s'est arrêté dans un bistrot et il a bu.

Moi en l'attendant, j'ai mangé. Une tablette de chocolat en entier, et puis, comme je n'avais pas suffisamment mal au ventre, j'ai englouti une dizaine de madeleines au citron. Au diable l'indigestion, mon appétit semblait sans limite, mon estomac un gouffre avide qui voulait enfourner encore et encore. Dévorer pour ne pas penser. Pour se dire combien c'est bon. Se forcer à croire que la vie vaut d'être vécue quand on se fait plaisir en mangeant.

Puis se recroqueviller sur son lit en gardant les yeux, et le ventre, fermés, pour que rien ne sorte. Se forcer à tout garder. En avoir mal aux tripes, parce qu'avoir mal, c'est être vivant.

* * *

On prétend que les cancers sont parfois héréditaires. Ma mère étant morte du syndrome de Lynch alors que je n'avais pas encore quinze ans, je me dis que je porte peut-être en moi une altération génétique constitutionnelle. C'est une idée qui ne me fait pas peur, au contraire j'en arrive à penser que ce pourrait être la solution : mourir du même cancer que ma mère. Puisque rien ne me retient à cette vie qui me condamne à ne plus jamais rien voir d'autre que ce qui peut se produire dans ma tête.

Quand elle est partie, ma mère a pleuré de devoir nous abandonner, mon père et moi. Quand à mon tour je m'en irai, je suis bien sûre de ne rien avoir à verser.

Mourir au lieu de vivre une existence où on est déjà mort. Je le désire sans oser le programmer. Laisser faire la nature, laisser faire le cancer, si je possède les gènes.

Ou bien mourir d'obésité.

* * *

A entendre la voix trébuchante de Benoît, il ne doit pas être en train de penser aux bienfaits de la nourriture. Lui c'est l'alcool qui le fait tenir. Il me le fait bien sentir. Combien lui a-t-il fallu de verres avant de réussir à affronter le retour au bercail ?

Je voudrais ressentir de la compassion pour lui, lui aussi souffre. Il ne peut bien sûr pas se mettre à ma place, mais mon infirmité rejaillit sur lui, au travers des sorties d'escalade auxquelles je l'abandonne, des corvées domestiques que je n'assume plus. De mon désespoir aussi sombre que la suie dans mes yeux.

Il a employé une femme de ménage qui vient deux fois par semaine, et qui me mitonne des pâtes à toutes les sauces. Et puis il y a mes mouvements d'humeur qui, en l'absence d'autres objets, le prennent pour cible. Il doit subir mon inertie, je fais bien quelques pas chaque jour à l'aide d'une canne, mais sans plaisir, puisque je ne vois rien des gens, des arbres, de la circulation. Je n'ai pas envie de me promener.

Le pire pour lui est sans doute le désintérêt que je montre pour ses projets professionnels. Ses rachats d'une société concurrente me laissent complètement amorphes, je n'y comprends rien, et je m'en fous. Moi ce que je veux, parce que c'est la seule chose qui me reste, c'est rêver. Parce que les rêves repoussent ma peur. Et ce n'est pas au milieu du labyrinthe inextricable de ses stratégies commerciales douteuses que je les trouverai.

* * *

Rêver. A Versailles au temps des rois despotes et de la noblesse endiamantée. Un palais rose et doré paré de la plus éblouissante des galeries. Une galerie tout en glaces, coiffée de peintures marouflées et d'énormes grappes de cristal. Dix-sept arcades de miroirs y reflètent la lumière des dix-sept fenêtres cintrées qui gracieusement leur font face.

Le jour tombe[5]. Fermer les yeux, lamper l'air du soir, là, maintenant, c'est tout ce que je veux. Ces odeurs mêlées de rose, de terre… c'est Versailles tout à coup qui m'envahit les narines pour mieux me sauter à la gorge.

Je me rappelle des choses que j'ai lues, des phrases douces tirées de livres que j'ai aimés. Certains passages reviennent m'assaillir, comme s'ils avaient un message à me dévoiler.

Là-bas, en fermant les yeux, je pouvais me transporter pour pas cher jusqu'aux berges de ma rivière[5].

Avec mes yeux fermés à tout jamais, vers quoi puis-je encore me transporter, si ce n'est dans les livres que j'ai lus, dans les souvenirs que j'en ai gardés ? Je me rêve vêtue de belles robes longues satinées, avec des cols de tulle brodé de dentelle. La canne à la main, j'arpente les allées d'un Trianon factice en retenant par le bras le bas de mon manteau de cour. A l'intérieur de mon œil se dessine une merveilleuse création de damas broché ton sur ton, couleur de bronze ou d'azur, tandis que je fais semblant d'arpenter les grands carreaux noirs et blancs d'un péristyle de marbre rose, véritable transparence entre la cour et les jardins.

J'ouvre la grille, j'ai encore envie de marcher dans mon rêve. A petits pas, je me retrouve sur le trottoir de la rue, que j'imagine pavé de marbre et de verdure, quand je heurte violemment ce qui semble être un corps humain. D'où vient-il ? Je n'ai évidemment pas pu le voir venir, alors je le percute en poussant un cri. Nous nous affalons l'un sur l'autre, le corps inconnu roulant contre le mien. Mes mains accrochent une étoffe rugueuse qui volette en plissés, je tire dessus sans le faire exprès, j'ai besoin de cet appui tangible, puisque ma canne a roulé hors de ma portée. Je suis furieuse contre moi, j'aurais dû faire davantage attention, ne pas sortir du jardin, rester à Trianon.

— Excusez-moi madame, dis-je, j'espère que je ne vous ai pas fait mal.

Un rire d'une étrange raucité éclabousse mes oreilles en guise de réponse. Puis une voix enchaîne, si proche que sans le moindre doute elle appartient à ma victime, mais en même temps elle résonne si mâle.

— Vous ne savez pas reconnaître un homme d'une femme ?

Drôle de question. Je réplique :

— Vous ne savez pas reconnaître une aveugle ?

Que va répondre ma mystérieuse inconnue à ce qui peut passer pour une provocation ? Une frustration aux allures d'appel de détresse me broie le ventre et me fait serrer les poings. Cette femme est la première personne à qui je parle sans pouvoir lui associer un visage, et c'est extrêmement troublant. Troublant et frustrant, de rester ainsi dans le flou, de ne pas pouvoir l'observer pour deviner ce qu'elle pense de l'incident, si elle m'en veut, si elle a mal.

Par réflexe mes yeux s'immobilisent sur sa bouche, ils cherchent désespérément la lumière de ses pupilles, la texture de sa peau, le velouté de ses joues. Je sens à une altération de sa respiration le moment exact où elle réalise que dans le regard amorphe fixé sur elle il n'y a que du vide. Son corps frémit, il a compris, et moi je me crispe davantage encore, comme l'accusé qui, en recevant le verdict des jurés, s'attend au pire.

— C'est à moi de m'excuser, je ne regardais pas où j'allais, fait sa voix.

Un silence, comme si elle réfléchissait à ce qu'elle allait dire ensuite, et s'interrogeait sur l'opportunité d'évoquer ma cécité. Est-elle gênée ? A-t-elle détourné la tête de mon regard mort, dégoûtée, prise de pitié, sans avoir le courage d'affronter mon infirmité ?

— Tous mes amis me disent que ma lubie de porter des kilts me jouera des tours, reprend la voix d'un ton qui se veut neutre, mais dans lequel je perçois une pointe amusée d'autodérision.

L'étonnement me fait plisser les yeux, dans le vide gris. Je sursaute. L'étoffe laineuse de la jupe plissée que j'ai empoignée serait celle d'un kilt ?

— Vous savez, nous les garçons sommes réduits à ne porter que des pantalons, ou des bermudas, explique la voix de l'homme que j'ai pris pour une femme à cause de son accoutrement. C'est terriblement monotone. J'ai bien essayé d'acheter des pantalons jaunes, des verts, des rouges, mais au final, malgré la différence de couleur, ce n'est toujours qu'une culotte de toile longue, qui en descendant jusqu'aux pieds emprisonne les jambes dans un carcan plus ou moins étroit. J'ai toujours envié la légèreté des jupes qui laissent la peau à nu, et cette liberté du choix pour les filles de choisir de porter une robe, courte, longue, à leur guise, un pantalon, un short, sans que la mode n'y trouve rien à redire.

— Seriez-vous nostalgique des temps anciens où les hommes portaient eux aussi des robes ? demandé-je, intéressée par ce curieux personnage amoureux des jupes.

Ne suis-je pas moi-même en train de m'imaginer corsetée dans une robe Louis XVI coupée dans une délicate soie fleurie relevée de dentelle aux coudes ? Je m'émeus à la pensée de cet homme qui voudrait porter des jupes, et s'émerveille de la liberté de mouvement qu'elles procurent, des sensations des différents tissus qui les composent, laine, soie, coton léger, lin, mousseline. Comme j'aimerais voir son visage, au lieu d'essayer d'imaginer à quoi peut ressembler un homme libéré de la mode masculine. Est-il efféminé, avec des yeux de biche et une bouche charnue ? Se maquille-t-il ? Ou se contente-t-il de porter sa jupe avec une mâle fierté, comme un véritable écossais pour qui le kilt constitue l'élément de base du costume masculin décontracté ?

Je voudrais crier mon impuissance à en perdre haleine, accrocher les couleurs de son tartan, contempler la forme de sa mâchoire. Pour qu'au moins il y ait une forme d'échange.

Mais je reste dans le noir, là où est désormais ma place, sans rien savoir de cet homme étrange. Et c'est lui qui décide de venir à la rescousse.

— Je m'appelle Lannick, je mesure 1,82m, je pèse quatre-vingt-dix kilos, mes yeux sont verts, mes cheveux bruns, et courts, mon visage carré. Je suis professeur d'anglais, ce qui me permet de porter un kilt en toute sérénité, même lorsque je travaille, et ça, ça n'a pas de prix. Et si vous voulez tout savoir, je ne porte absolument rien dessous. Sauf les jours où je vais au collège, j'enfile alors un caleçon, on ne sait jamais ce qui peut passer par la tête des gamins.

Lannick est un homme de tact, capable de regarder ma misère en face et de prendre les problèmes qu'elle me pose à bras le corps, sans fausse honte, sans aucune gêne. Je le remercie de toute ma bouche, mon sourire doit se voir jusqu'à mes oreilles. Qui sait si mes yeux vides n'en reflètent pas un peu d'éclat ?

Quelques gouttes de pluie se mettent à tomber d'un ciel que je ne vois pas, il doit être sombre et tourmenté, menaçant d'humidité. Gentiment Lannick me prend le bras et sans attendre me pousse à l'abri d'un rebord de toit, là où l'eau ne m'atteindra plus.

— Je vais vous raccompagner chez vous, dit-il.

Il s'arrête là, il n'explique pas que s'il propose de m'aider de sa poigne, c'est pour que je marche plus vite et donc pour que je me mouille moins. Il ne juge pas non plus utile de me dire que j'aurais dû prendre un imperméable avant de sortir. Phrases creuses dont il comprend toute l'inanité.

— J'habite la maison juste à gauche, déclaré-je avec les hésitations de celle pour qui la gentillesse n'est pas forcément un dû.

Sa main se plaque avec une vigueur réconfortante autour de mon bras, il me guide avec une telle autorité que je lui laisse aussi prendre ma canne. Je n'ai pas peur de la vitesse qu'il m'impose pour battre la pluie, mes pieds suivent gaillardement le rythme.

Ce n'est qu'une fois à l'abri sur le seuil de ma véranda qu'il retrouve les manières légèrement pompeuses des rencontres inopinées.

— Je suis ravi d'avoir fait votre connaissance.
— Je m'appelle Clara.
Il réplique avec chaleur :
— Enchanté. Vous vous rappelez de mon prénom ? Lannick.
— Oui, comme Annick, avec un petit quelque chose en plus comme dans Yannick, mais sans le côté trop masculin donné par le Y, qui fait que vous vous autorisez à porter des jupes, je veux dire des kilts, comme tout bon professeur d'anglais qui respecte l'Ecosse.
— J'aime l'Ecosse et ses traditions, réplique Lannick, j'aime sa culture. J'aime aussi jardiner. Je vous apporterai quelques légumes de ma production, quand ce sera l'heure.
Et parce que lui peut anticiper mes réponses en observant les réactions de mon visage, il ajoute :
— Je suis votre voisin direct. J'ai emménagé le mois dernier.
— Vous habitez dans l'ancienne maison de Madame Corlier ?
— Oui. Vous voyez que le dérangement pour vous apporter des légumes à la belle saison sera minime.
Cette fois ce n'est pas juste son bras que je voudrais toucher, c'est à son cou que je voudrais me pendre, pour le remercier, pour lui montrer

combien je lui suis reconnaissante, puisque je ne possède plus la reconnaissance des yeux.

Il dit encore :

— Vous possédez là une belle annexe à votre maison, je devrais dire à votre jardin. J'ai rarement vu une véranda si lumineuse.

Je réponds mécaniquement, parce qu'il n'y a rien d'autre à dire :

— Je n'y vais plus.

* * *

Il part, il me laisse au seuil de ce qui était ma pièce préférée avant, quand je pouvais profiter des grandes verrières plongeantes sur les fleurs et les arbres du jardin. Même la pluie n'arrivait pas à l'obscurcir. C'était l'endroit idéal pour se poser, lire, boire un verre en regardant vivre les insectes et les oiseaux.

Ce n'est plus qu'un raccourci amer entre le portail et la maison, un abri contre les gouttes invisibles. Je ne m'y attarde plus.

Aujourd'hui pourtant je stagne, je m'assieds sur le fauteuil à bascule qui contemple sans moi le jardin, j'écoute les martèlements de la pluie contre les vitres, je hume l'odeur de l'herbe mouillée, celle des flaques gorgées de terre. J'ai lu tant d'histoires dans ce refuge douillet, visité tant de pays et d'époques disparues. Il n'y a plus d'abri désormais, sauf quelque part dans certains souvenirs. Je les tire de leur trou, ces souvenirs d'évasion, de voyages, de guerre ou de paix, je les ramène à la surface, je veux les voir, les retenir, m'y glisser au chaud comme dans un nid.

Ce qui me remplit la tête ce sont les tiges mouillées des iris plantés tout le long des verrières, cette explosion de vert intense et luisant que la pluie a bien nettoyé, et ces têtes violettes qui s'essorent et semblent pleurer. C'est la plus belle image que je garde de ma véranda, un livre ouvert sur mes genoux et mes yeux rêveurs fixés sur les iris en pleurs. Le souvenir d'un refuge désormais inaccessible. Il m'émeut, il me fait mal.

Je quitte la bascule accueillante et les iris chatoyants, je lâche les images de la véranda, et je retourne à tâtons dans l'obscurité.

* * *

Benoît accueille le récit de ma rencontre avec notre nouveau voisin avec une gaieté qui découle à la fois des verres qu'il a bus avant de passer la porte et de l'aveu de ma méprise.

— J'aurais bien aimé assister à la scène, s'écrie-t-il entre deux gros hoquets de rire. Si ça se trouve, il montrait son cul à tout le monde. J'imagine trop bien vos deux corps emmêlés et tes mains fouillant son kilt. Un peu plus et c'est sa bite que tu tripotais.

Sa remarque grossière me fait craindre qu'il s'emporte d'un coup à la pensée que j'aurais pu toucher les parties d'un autre homme, mais au contraire il s'égaie de plus en plus. Et quand je lui annonce que Lannick, à la fois professeur d'anglais et jardinier, a proposé de contribuer à nous nourrir, je sens que quelque chose en lui se relâche, il semble soulagé, oui, c'est le mot juste. Se réjouit-il pour moi que notre voisin, avec ses dix-huit heures de cours par semaine, soit plus disponible que lui en cas de problème ? Cette présence amicale à quelques mètres de moi le rassure-t-elle ? Je voudrais croire que cette fugace impression de soulagement que j'ai cru entendre dans sa voix résulte de sa culpabilité de rentrer si tard les soirs, bien après la plupart des chefs de famille.

Combien il doit regretter que mes parents ne soient plus là pour jouer jusqu'au bout leur rôle. Tout repose sur lui, alors que ce serait tellement plus simple, tellement normal, qu'un membre de la famille vienne s'occuper de la petite fille aveugle. C'est ce qui se fait dans la plupart des tribus : quand les enfants souffrent, les parents débarquent à la rescousse. Je n'ai pas cette chance.

Mon esprit dérive vers l'image de ma mère en train de me lire une histoire pour m'endormir le soir, quand j'avais l'âge d'être bercée. Elle était belle, et douce, et rêveuse, férue de contes. Elle savait communiquer à sa voix des intonations différentes pour chaque personnage de l'histoire. Les héros prenaient vie, à peine sortis de sa bouche. Je les voyais en m'endormant, le capitaine de vaisseau bourru, la fée aventureuse, le petit garçon astucieux, la vieille marâtre jalouse, dilapidant ses paroles coléreuses et méchantes, qui finissait par être prise à son propre piège. La puissance modulée de la voix maternelle créait pour la gamine émerveillée que j'étais des personnages hauts en couleurs qui m'envoyaient au pays des rêves.

C'était le temps béni de l'enfance, celui qui ne revient jamais. Les protagonistes grandissent, la vie les pousse vers leur destin. Puis un jour, ils disparaissent. D'une tumeur ou d'autre chose.

* * *

Je me secoue, je repousse de toutes mes forces cette apparition qui ne me fait aucun bien. Quand le passé est douloureux, il vaut mieux revenir au présent, même s'il est plus douloureux encore.

Une petite voix furieuse me crie que si vraiment Benoît culpabilisait, il rentrerait directement après son travail, et ne s'égarerait pas en chemin dans les troquets. Je sais qu'il essaie de faire face à ma cécité, mais il perd pied, il rentre de plus en plus tard, il boit, il ne sait plus quoi faire de moi. Il éprouve du soulagement quand un voisin arrangeant propose de m'aider. Je suppose que cela lui ôte une partie de son fardeau. Il doit se dire que, dès que les premières salades auront poussé, Lannick viendra me les apporter, il me tiendra compagnie, tandis qu'il pourra en profiter pour rentrer encore un peu plus tard, boire quelques verres de plus avec des amis qui ne lui rappelleront pas à quel point il n'a plus envie de voir sa compagne qui sans ses yeux n'est plus bonne à rien.

Est-ce que c'est vraiment ce qu'il pense, qu'une aveugle n'est plus bonne à rien ? Un sang plein de rage se met à pulser dans mes veines et me pousse à lui montrer qu'au lit en tout cas, je suis toujours bonne.

Chapitre 5

*Il existe deux sortes de cécité sur cette terre :
les aveugles de la vue et les aveugles de la vie.*

Ahmadou KOUROUMA

Aujourd'hui c'est vraiment la fin. Benoît a pris sa journée pour m'emmener consulter l'un des meilleurs spécialistes français en matière de cécité cérébrale. Il y croyait encore, par refus d'admettre l'insoutenable, il s'accrochait à son idée d'erreur médicale, de miracle, c'était son espoir à lui. Mais il n'y a pas eu de miracle. L'éminent spécialiste a confirmé que ma cécité était irréversible, même en m'opérant, même en me découpant au laser, en m'infligeant des rayons, de la rééducation, rien n'y ferait. Jamais plus je ne verrai autre chose dans mes yeux que ce grand brouillard laiteux qui met à distance les choses et les gens.

Benoît, par faiblesse, par lâcheté peut-être, avait voulu y croire. L'espoir qu'il avait gardé en vain depuis l'accident s'effondra, entraînant dans sa chute son courage, son abnégation, son amour. Tout disparaissait. Il n'avait plus qu'une hâte : prendre la fuite.

* * *

Je me suis réveillée vers deux heures du matin, en sueur, le corps tremblant de palpitations, avec une sensation d'oppression atroce, comme si j'étais en train de devenir folle. Elle était là la peur nocturne, elle était venue avec la perte du dernier espoir, et n'était pas décidée à me lâcher.

Je me lève en sursaut, pour aller boire un verre et me calmer, je dois gérer cette angoisse, la faire redescendre.

Comment me recoucher ? Comment me rendormir ? Il faudrait que je pense à des choses positives réalisées dans la journée, ou que j'appelle à la rescousse des projets pour la journée suivante. Je n'en ai aucun, je suis en suspens, dans le vide, je sombre.

J'essaye de mobiliser des pensées qui m'empêchent de réfléchir. Je commence par chercher des animaux et des villes commençant par A, je continue mon petit Bac avec les B, puis les C. Mon attention n'arrive pas à se focaliser, elle vadrouille au milieu de toutes ces choses que je ne verrai plus et qui me manquent à en crever. Avec les F me vient le regret de Florence et de ses clochers rosés, où j'avais prévu d'aller un jour, à l'automne, quand le soleil rasant embrase les tuiles des coupoles et les pare d'un si joli rouge. Il y a cette autre ville du nord de l'Italie, Bergame, et tant d'autres encore, pour chaque lettre que je récite, il y a des choses magnifiques à voir que jamais je ne verrai.

J'appelle une nouvelle fois l'image de ma mère à la rescousse, je l'imagine en train de me sourire, avec ce sourire si doux qu'elle avait quand quelque chose la bouleversait, un sourire en sourdine, silencieux, mais si lumineux, qu'aujourd'hui encore j'en garde le souvenir ému. Il m'apaise, car il m'évoque l'amour, la tendresse, toutes ces choses qui subsistent à jamais au fond des cœurs, en repli souvent, au ralenti, comme cachés, mais présents quand même. Et parce qu'on les a connus, ne serait-ce qu'une fois, on s'en sent réconforté.

Ma panique enfin recule, elle se niche dans un coin bien sombre en guettant le moment où je serai de nouveau vulnérable, et seule.

* * *

Le spécialiste avait expliqué que le plus dur à gérer quand on tombait aveugle était la phase de transition, qui dans mon cas n'avait pas existé, puisque ma cécité était apparue d'un coup, alors que bien souvent elle se dévoilait peu à peu, mois après mois, voire année après année. Le sujet avait donc le temps de s'y préparer, il apprenait le braille à son rythme, il réaménageait sa maison afin qu'elle soit le plus pratique possible, il gommait les défauts, les soupentes trop basses, les escaliers trop raides, les marches glissantes, il supprimait les rebords traîtres, il déménageait parfois pour avoir le temps de se réadapter à son nouvel univers. Il apprenait à se trouver d'autres activités, d'autres centres d'intérêt. Il prenait le temps de faire ses adieux.

Ce lent processus de transformation débouchait sur la résignation.

Pour moi il n'y avait pas eu de renoncement volontaire. Il m'avait été imposé par la brutalité stupide d'un accident qui, en plus, était de ma faute. Si on omettait la nuit, la pluie, la route sinueuse : tout cela ne comptait pas vraiment, ce n'était que des circonstances aggravantes. La seule personne responsable, c'était moi, crut devoir ajouter le spécialiste, qui se voulait aussi psychiatre. Moi et ma malchance.

Il avait rencontré beaucoup de souffrances et croyait savoir.

Ce que je compris au final, c'est que Benoît n'en pouvait plus. Il n'était plus capable d'affronter la chute de son dernier espoir. C'était comme s'il se prenait en pleine gueule toutes les conséquences de mon accident, sans être capable d'en gérer une seule. Il aurait peut-être réussi à sauver les meubles si la phase de transition avait daigné montré son visage. La brutalité du choc, en me coupant la vue, lui coupait ses ailes. Pour se protéger, il devait s'éloigner de moi.

* * *

— Je continuerai à te payer la femme de ménage, m'offre-t-il en croyant se montrer magnanime.

Qu'est-ce que je m'en fous que le ménage soit fait, puisque de toute façon je ne vois pas la saleté. Qu'il paye pour que tout soit propre chez moi n'est qu'une façon de se déculpabiliser. Je préférerais qu'il ait le courage de me dire que ce n'est pas sorcier de passer un aspirateur, et que même une aveugle pourrait le faire. Et que tant pis s'il reste de la poussière dans les coins, ou des tâches de sauce tomate dans l'évier.

Au moins il me laisse la maison, il a l'hypocrite élégance d'admettre que c'est à lui de se réadapter à un nouvel environnement, c'est lui qui part. Et c'est moi qui ne vois pas.

— Tu as tes habitudes ici, tu connais chaque couloir, chaque porte, tu ne te feras pas de mal.

Il geint, on dirait qu'il pleure, le lâche. Alors que c'est moi qui reste en enfer.

— Tiens, voici une pendule ancienne à aiguilles que j'ai achetée hier dans une brocante, ajoute-t-il, et sa voix résonne presque gaie, comme s'il était content de lui. Tu entends son tic tac ? Elle sonne les heures et les demies, ce sera pratique pour toi.

J'ai envie de lui crier que mes journées n'ont de toute façon pas de but, alors à quoi bon connaître l'heure ? Je mange quand j'ai faim, je dors quand je suis fatiguée, ou quand je ne sais pas quoi faire d'autre et que mes yeux, à force de trop contempler l'horizon uniformément gris qui désormais les tapisse, n'en peuvent plus.

— Tu parles d'un cadeau utile ! *Une vieille pendule d'argent, qui ronronne au salon, qui dit oui qui dit non, qui dit je vous attends*[6].

— Qu'est-ce que tu voudrais que je fasse d'autre ? éclate Benoît.

Reste. Ne me laisse pas seule. Ne me quitte pas.

* * *

Je chante comme on pleure, sans trouver les mots. Pour ne pas sombrer, je les emprunte aux autres. La mélodie plaintive envahit ma tête et prend la place laissée vide.

Ne me quitte pas[7]
Il faut oublier
Tout peut s'oublier
Qui s'enfuit déjà
Oublier le temps
Des malentendus
Et le temps perdu
À savoir comment
Oublier ces heures
Qui tuaient parfois
À coups de pourquoi
Le cœur du bonheur
Ne me quitte pas
Ne me quitte pas
Ne me quitte pas.

* * *

Il s'est enfui, incapable de supporter le vide qui désormais peuple ma vie. Et moi, comment vais-je pouvoir le supporter ?

Il m'a laissé une pendule qui ronronne lentement au salon, elle joue un peu le rôle d'une présence c'est vrai, mais une présence frigide, glacée, tic tac, tic tac, qui martèle des heures qui ne passent pas assez vite et tuent à coups de pourquoi.

Il me laisse aussi un frigo plein de nourriture, en me rappelant qu'une commande me sera livrée chaque semaine, je n'aurai qu'à téléphoner à l'administrateur de mon compte pour modifier la liste à ma convenance. Au moins je ne mourrai pas de faim.

Il m'offre pour finir un cadeau d'adieu qui à lui tout seul symbolise la déchéance brutale de ma dépendance : une liste sur laquelle il a fait écrire en braille deux numéros de taxis, pour mes appels au secours en cas de nécessité de déplacement.

— Tu pourras aller à un concert, dit-il. Ou à une pièce de théâtre.

Tout ce qui m'environne devient soudain colère, ressentiment, haine, une haine instinctive contre cet homme qui m'a aimée quand tout allait bien mais se dérobe au plus fort de la tempête. *Quand le navire doit sombrer, les rats sont les premiers à le quitter*[8].

C'est donc si dur d'aimer une aveugle ? Ne suis-je pas toujours la même, malgré mes yeux en débandade ? C'est comme s'il ne m'avait aimée que pour les choses que je faisais avec lui sans prendre en compte mon moi profond. Comme si seule la recherche d'un corps pour lui tenir compagnie, au lit ou sur les murs d'escalade, l'intéressait. Se retrouver aux côtés d'une femme désormais dépendante et incapable de partager la plupart de ses désirs, n'est pas ce pour quoi il a signé en couchant avec moi. Il ne veut pas de ma misère. Il ne veut pas la voir, il fiche le camp comme un lâche.

Qu'est-ce qui lui donne le droit de reprendre ce qu'il m'a donné, sans rien me laisser à quoi me raccrocher ? Il fait de moi une paria, alors que j'ai tellement besoin de soutien. Je le déteste ! Je voudrais que ce soit lui qui soit tombé aveugle. Pourquoi est-ce que c'est moi qui suis punie ? Pourquoi pas lui ? Pourquoi pas quelqu'un d'autre ?

Tout ce que je trouve sous ma main, chaises, cruche, bouteille, je les balance contre les murs de la maison que Benoît m'a abandonnée. Je les vois tout couverts de cendres, ces murs invisibles, ce sont ceux de ma prison, derrière lesquels je hurle de rage et de désespoir.

Alors que je me traîne jusqu'à la fenêtre, attirée par je ne sais quel espoir futile de voir Benoît se retourner et revenir vers moi, je m'égratigne le pied sur un morceau de verre. Il faudrait que je désinfecte la plaie, que je ramasse les éclats épars, pour finir emportée aux urgences par une ambulance. Ou par un taxi puisque Benoît m'a laissé les numéros.

Je laisse traîner le verre en pagaille, les chaises et leurs pieds en l'air, je n'ai plus le courage de rien. C'est comme si la faible part d'énergie qui me restait encore s'enfuyait par la petite coupure gravée dans ma voûte plantaire. Je n'ai même pas mal.

* * *

Tandis que Benoît s'éloigne loin dans la rue, à présent hors de portée de mes reproches, de mes récriminations hostiles, je me laisse envahir par une lassitude qui balaye peu à peu ma haine. Je m'écroule à genoux, parmi les débris de verre et les chaises renversées. Je n'ai plus la force de haïr, je suis tellement écœurée par son comportement que je sombre dans une espèce de lassitude résignée.

Il va pourtant bien falloir que je réagisse. Que je crie, que je pleure, que je le maudisse avant de pleurer de nouveau.

Blottie dans le velours de mon fauteuil préféré, celui que m'ont laissé mes parents après leur mort et qu'en ce moment je considère comme mon refuge attitré, parce qu'eux m'aimaient, je branche mon compte téléphonique et je me laisse envahir par les paroles de Brel qui savent si bien chanter ma peine. Elles sont faites pour moi, elle pleurent comme je pleure, elles lâchent ce que je suis en train de vivre, à quelques petits détails près, que je corrige sans y penser, pour me les réapproprier.

Moi, je t'offrirai[7]
Des perles de pluie
Venues de pays
Où l'on ne voit pas
Je ferai un domaine
Où les yeux seront rois
Où les yeux seront lois
Où je serais reine [...]
Ne me quitte pas
Ne me quitte pas
Ne me quitte pas
Et quand vient le soir
Pour qu'un ciel flamboie
Le rouge et le noir
Ne s'épousent-ils pas?
Ne me quitte pas
Je ne vais plus pleurer
Je ne vais plus parler
Je me cacherai là
À te regarder
Danser et sourire
Et à t'écouter
Chanter et puis rire
Laisse-moi devenir
L'ombre de ton ombre

L'ombre de ta main
L'ombre de ton chien
Mais ne me quitte pas
Ne me quitte pas
Ne me quitte pas.

* * *

Sans mes yeux pour voir, sans Benoît pour m'aimer, je plonge au plus profond du gouffre. Je me dis que cette fois tout est vraiment fini. Ce n'est plus du gris qui rythme mes heures à coups de pourquoi, c'est un noir opaque, le noir du désespoir, du deuil, du vide. Le noir de l'absence, non seulement des couleurs et des formes, englouties par l'obscurité permanente, mais aussi de l'absence de Benoît.

Chaque jour je reste étendue sur mon lit durant des heures entières, sans rien faire, le cœur dans le vide, l'âme à l'abandon, perdue. Je reste immobile sans que rien ne me fasse réagir, comme si j'attendais simplement que la vie passe. Aucune image des dix ans partagés avec Benoît ne vient redonner un peu de couleurs à mes pensées, je n'en ai aucune, elles sont en grève, elles souffrent tellement qu'elles se bloquent et ne diffusent plus. Et puis parfois il y en a une qui s'expose et m'explose à la figure, elle m'éclabousse le fond de l'œil. Ce qui l'inonde alors, ce sont des visions d'un terrain défoncé par les bombes, boueux et nu, strié de fils de fer barbelés d'une tristesse insoutenable. Je me fais le porte-drapeau de la détresse humaine, ce no man's land des soldats de la Grande Guerre devient mon horizon à moi, celui des gens qui n'ont plus d'espoir autre que survivre quelques heures de plus du fond des trous où on les a enlisés.

* * *

J'ai rêvé que je grimpais le long d'une falaise léchée en bas par les eaux marines de la Méditerranée et grignotée au sommet par un ciel si bleu qu'il en devenait irréel, comme transfiguré par un filtre trompeur. Mes mains et mes pieds remplaçaient mes yeux, ils cherchaient dans la roche le petit trou d'appui nécessaire, la moindre faille, la saillie reposante.

Soudain il y eut un vrombissement, d'abord léger et aussi doux que le bourdonnement d'une abeille, puis le vrombissement se transforma en un ronflement rauque, celui d'un moteur, un bateau peut-être qui venait naviguer le long des côtes à pic. Non, c'était plus fort, plus rapide, ça descendait des nuages, ça semblait venir de très loin.

Je tournai la tête et sentis l'impact de l'avion avant qu'il ne s'encastre dans le roc vertical. Une explosion tonitruante suivie d'un effondrement de la falaise. Les rochers sur lesquels je m'accrochais dégringolèrent et m'emportèrent avec eux. Et je tombais, je tombais. Je m'attendais au froid de l'eau, à son embrassade liquide. Mais il n'y avait rien, la mer avait disparu, et je continuais à chuter dans un gouffre qui semblait ne jamais avoir de fond.

Je me suis réveillée en sursaut, haletante, nauséeuse, collante d'une mauvaise sueur poisseuse. Un cauchemar ! Ce n'était qu'un stupide cauchemar, un de plus, dont je devais me libérer. Un verre d'eau, de la relaxation cardiaque. Inspirer. Expirer. Ne plus penser.

Les bras réconfortants de Benoît n'étaient plus là pour que je m'y blottisse. Etait-ce pour cette raison que le cauchemar s'était formé, en mélangeant les pertes qui m'assassinaient, l'avion, l'escalade le long de la falaise, symboles de ce qui épanouissait ma vie avant ? Ce rêve me percutait pour me dépouiller de ce que j'étais. Il me signifiait que je n'avais plus de recours en ce monde.

Je suis seule.

* * *

Je n'arrive pas à me rendormir.

Je voudrais pouvoir me calmer en me répétant que ce n'est rien, ça va aller.

Mais ce cauchemar n'est pas rien, c'est tout mon moi qui disparaît, et se noie dans un gouffre infini. Ca ne va pas aller, ça ne peut pas aller mieux sous prétexte que ce n'est qu'une fiction. Cette fiction sans avion, sans falaise et sans Benoît, je vis dedans, je ne peux pas m'en dépêtrer. Elle est mon quotidien, elle est tout ce qui me reste, elle m'écrase, elle m'étouffe. Elle est la réalité.

* * *

C'est mon père qui m'a transmis sa passion des avions. Pilote long courrier sur Airbus 320, il avait plus souvent la tête dans les nuages que sur terre. Ses conversations du quotidien mêlaient les échos des différents faits divers aux récits de sa dernière escale, et y introduisaient une armada de termes techniques aéronautiques qui avaient plus de sens pour lui que les causes de la Révolution Française qu'on m'enseignait à l'école. Il avait du mal à rester au niveau du sol.

Il m'a appris à piloter, il m'a fait aimer m'élever en altitude, me rapprocher du ciel, du soleil et des montagnes. Mais il était souvent absent, ses longues rotations le laissaient trop longtemps à l'autre bout du monde, loin de moi. Je n'ai pas voulu suivre sa voie, je n'étais pas assez passionnée pour faire passer les heures réservées à voler avant tout le reste.

Je suis restée au sol, à regarder les avions de près, à les guider, à les admirer, toujours. Comme si j'avais ça dans le sang. Ca faisait comme un lien entre nous. Mon père en l'air et moi au sol, et des murs entre les deux qui alignent leurs aspérités inégales. Ma découverte de l'escalade date de cette envie d'espace, de gravitation, comme un appel à être libre qui semble aller de soi pour les pilotes et les oiseaux, et peut aussi se retrouver dans les veines de celui qui s'accroche aux flancs des montagnes. J'aurais pu voler, j'ai préféré me contenter de grimper. Et devenir aiguilleur du ciel.

* * *

Il est quatre heures du matin, et je ne dors toujours pas. A la place, je pilote aux côtés de mon père, je suis sous ses ordres et il m'enseigne tout ce qu'il y a à savoir sur les commandes de vol. C'est ce souvenir de lui que je veux conserver précieusement, telle une relique sacrée, nous deux dans un même cockpit, réunis pour concrétiser ce qui était son plus beau rêve. Puisqu'il est mort avant que j'ai eu la chance de le guider depuis la Tour de contrôle, sa présence dans un Airbus 320 en tant que commandant de bord s'est fixée dans un coin de ma mémoire, éternellement immuable, un peu usée, un peu ternie, comme mise de côté, tandis que je le revois assis fièrement à ma droite, en train de m'expliquer le maniement des différents instruments.

Cette scène intime, je me la repasse encore et encore, et le sommeil continue de fuir. Je n'arrive pas à empêcher mes pensées d'y revenir, elles essayent de s'y arracher mais inlassablement elles y replongent, elles visualisent le cockpit en boucle, avec le sourire à la fois fier et sévère de mon père posé sur moi.

Je ne tente plus de les maîtriser ou d'en trouver d'autres. Elles sont bonnes à mon souvenir, teintées de la nostalgie de ce qui a disparu, et en même temps trop sereines pour me faire du mal. Plus maintenant que les années ont passé depuis sa disparition. Aujourd'hui son souvenir fait glisser comme un baume apaisant sur mon angoisse, il la fait reculer. Je n'ai pas peur de ne pas me rendormir, ce qui me tenaille c'est plutôt la peur de me réveiller en proie à la panique insoutenable d'un nouveau cauchemar.

* * *

Cinq heures résonnent à la pendule de Benoît. Cinq coups de gong graves, qui ponctuent le temps qui passe, qui disent que le jour va bientôt se lever et la nuit disparaître aux yeux des gens ordinaires.

C'est l'unique meuble d'antan que je possède, grâce à Benoît, qui pourtant n'aime que le moderne épuré sorti des élucubrations de designer modernes auxquels le relient ses relations de travail. Il a fourni un gros effort pour m'acheter cette pendule d'un autre temps, qui me signale sa présence toutes les trente minutes.

Finalement je ne suis pas si seule, j'ai une pendule mécanique pour me tenir compagnie.

Est-ce le manque de sommeil qui adoucit mes sentiments, ou les souvenirs que mon père continuent à diffuser dans mon cœur ? Tout d'un coup je revis ma rencontre avec Benoît, c'était lors d'une promenade dans le parc de la ville, je me baladais avec deux amies, nous discutions joyeusement en crapahutant sur les rochers érigés un peu partout comme des sentinelles au milieu des arbres. Il courait en sens inverse quand je glissai sur une tâche de mousse humide qui avait dévoré sournoisement le sommet d'une pierre plus pointue et plus attirante que les autres. Je m'écroulai à ses pieds, échevelée et ridicule, mais il avait de bons réflexes et me retint. La suite de la journée se passa en armada d'éclats de rire et de coups à boire au bistrot du parc afin de mieux faire connaissance. Le lendemain nous escaladions ensemble notre premier mur.

* * *

Benoît rieur, Benoît coup de foudre, parce qu'il m'était apparu tel le chevalier de certains romans que je me plaisais parfois à lire en cachette. Notre rencontre n'avait pourtant rien eu de romantique, elle préfigurait déjà un manque d'attention et de vigilance de ma part, et pour lui, un besoin de passer pour un héros aux yeux des autres, à condition qu'il n'y ait pas de casse sur les demoiselles à ramasser. Jouer les sauveteurs, d'accord, mais il ne fallait pas que les rires soient trop loin.

La première fois il m'avait récupérée glissant de ma pierre sans une entorse, sans même une égratignure. Dix ans plus tard, il récupérait une infirme aveugle, c'était trop pour son ego pas si héroïque. Une antique pendule à carillon offerte comme pour s'excuser, en offrande pour un impossible pardon, sonnait l'heure de sa fuite. Et pour moi la chute, toujours plus bas, plus profond. Et plus seule.

Chapitre 6

*La musique fait partie du cœur
et du corps de l'homme.*

Janine BOISSARD

Forcément Roselyne accourt à la rescousse, avec son éternelle boîte de chocolats pralinés. Cette fois elle l'a enveloppée dans un papier cadeau, elle veut me voir retarder le moment de la découverte, elle veut que je retrouve le désir, l'envie, l'attente impatiente, le plaisir des surprises. Brave Roselyne !

Je déchire le papier camouflage en prenant mon temps, je ne ressens rien, aucune impatience, aucune palpitation d'excitation, mais je fais semblant, pour Roselyne.

— Des chocolats ! Comme c'est gentil.

C'est vrai que c'est mieux que des fleurs, que je ne pourrais de toute façon pas voir. J'en croque deux, en me forçant, car ce n'est pas de chocolat que j'ai envie. Mais je me résigne. Puisque décidément il ne me reste plus que ce plaisir-là.

— Donne-moi des nouvelles de tes enfants.

Que pourrais-je dire d'autre, à part raconter mes souvenirs ? Les questions posées aux gens et l'évocation du temps passé deviennent les sujets de conversation des gens qui comme moi n'ont pas d'avenir.

— Ils vont bien, je vais bien, mon mari va bien. Ce n'est pas eux le problème. C'est à toi que je veux poser la question. Comment te sens-tu ?

Je me sens comme une femme propulsée au fond du plus profond des gouffres, et qui attend la pelle du bulldozer qui doit venir l'écrabouiller.

Je me contente de hausser les épaules, il n'y a pas de réponse à cette question, à part pousser des cris à lui faire dresser les cheveux sur la tête. Je vais mal, je n'ai pas l'énergie de vivre. Pourquoi ne me parle-t-elle pas de sa vie ? Parce que Benoît m'a abandonnée, j'ai envie de savoir pourquoi elle reste avec son mari, qu'elle n'aime plus, en pensant qu'elle choisit de protéger ses enfants.

— Es-tu sûre que ce soit le bon choix ?

J'insiste. Arrive-t-elle à faire suffisamment semblant de bien s'entendre avec son mari ? Ses enfants sont-ils vraiment dupes ? Ne seraient-pas plus épanouis si leurs parents se séparaient ?

— Comment sais-tu qu'ils ne se sentent pas coupables de l'atmosphère tendue qui, quoi que tu penses, doit régner chez toi ? Les enfants se rendent très bien compte de ce genre de chose, et les tiens ne sont plus des bébés.

— Mais qu'est-ce que tu racontes ? Tu n'as pas d'enfants. Comment pourrais-tu comprendre ?

J'accuse le coup. Roselyne a raison, je n'ai pas fait d'enfants, car je ne voulais pas les laisser se débattre dans ce monde surpeuplé, pollué, dévasté par un climat aux abois et par le manque de travail. Un monde où dans certaines villes les gens ne savent pas que le ciel peut être bleu et lumineux. Où les embouteillages et les heures d'attente pour faire un tour de manège qui dure à peine deux minutes sont la norme. Où l'individu se croit roi, et oublie bien souvent de penser aux autres. Il oublie de penser qu'il y a d'autres personnes autour de lui que son comportement et son manque de réaction peuvent affecter.

J'aurais pu décidé de me rassurer en leur offrant au moins une enfance dorée, sensée les préparer à un avenir sombre, mais je n'ai pas eu ce courage, à moins que ce ne soit que de l'égoïsme.

J'aurais bonne mine maintenant de me retrouver avec mes enfants sur les bras, sans être seulement capable de les reconnaître parmi les autres d'un simple coup d'œil. Sans pouvoir les contempler grandir, se transformer, sans pouvoir les aider à affronter le monde extérieur, moi qui suis recroquevillée à l'intérieur de celui que je me suis créé.

Roselyne a eu plus d'audace, elle est comme une louve pour ses petits et elle ne me pardonne pas mon intrusion dans ses décisions.

— Il y a bien des choses que tu ne sais pas, mais que tu veux expliquer quand même, à la lumière de ce que tu crois savoir, s'écrie-t-elle. Tu es comme l'Inquisiteur borné de ce livre de Carrière[9] qui, en apprenant qu'une femme ne mange pas de porc, en déduit qu'elle a renié le christianisme et a embrassé la religion juive. Il ne lui vient pas à l'idée qu'elle peut tout simplement ne pas aimer la viande de porc. Quand on veut s'introduire dans la vie des gens, il faut se mettre à leur place avant de juger.

— Je ne cherche à me mettre à la place de personne.

— Alors pourquoi me poses-tu toutes ces questions ? Qu'est-ce que tu veux ?

— Tu me demandes ce que je veux ? Ce que je veux, c'est voir !

* * *

Roselyne n'a pas supporté mes cris, ils étaient trop lourds pour elle, ils charriaient trop de détresse et de révolte. C'était plus simple pour elle de prendre la fuite et je ne lui en voulais pas.

J'aurais pu dire : je veux vivre. A la place, j'ai dit : je veux voir. Où se trouve la différence ? Vivre pour ne pas voir ? Vivre sans voir ? Vivre ou ne pas vivre ?

Je veux voir pour vivre. Je n'ai pas dit que que je voulais mourir, je n'en ai pas le courage. C'est une chose de se lamenter et souhaiter la mort, mais au moment de décider d'aller à sa rencontre, il y a comme une corde qui empêche d'avancer plus avant, un lien qui nous retient quand même à la vie, au cas où, comme un espoir que quelque chose valant le coup peut encore arriver.

Pourquoi Roselyne me reproche-t-elle de m'être montrée intrusive ? S'est-elle vraiment sentie jugée ? Désavouée par mes questions ? Elle m'a paru troublée, sa voix manquait de son allant débonnaire ordinaire, et j'en ai déduit que tout n'allait pas si bien qu'elle voulait le faire croire.

Roselyne fait partie de ces gens qui s'imposent de sourire même quand ça va mal, dans un souci de pudeur peut-être, ou de repli sur soi-même, telle l'autruche enfouissant sa tête dans le sable. Depuis que je la connais, je l'ai toujours vue d'humeur joyeuse, le rire éternel comme collé à la glu. Ce rire des fausses apparences qu'elle destine au public et qu'elle laisse de côté seulement dans la solitude.

Le déclic se fait. Brusquement je comprends ce qui a changé. Quand je n'avais pas encore eu mon accident et que je la voyais, je réagissais comme les autres, je me faisais berner par sa bonne humeur, même quand elle se plaignait. Ses déboires ne paraissaient jamais vraiment graves, ils se déguisaient en examens de conscience, en interrogations, ce qui avait du bon pour éliminer les excès de confiance. Aujourd'hui, son visage souriant de poupée ne me trompe plus, je ne peux plus le voir, mais à la place j'entends, je suis capable de détecter les petites fêlures dans sa voix. Aujourd'hui je comprends mieux ce qui m'échappait avant, quand les apparences prenaient le dessus. Mais les gens n'aiment pas qu'on les surprennent en train de se mentir à eux-mêmes.

* * *

Nellie, la femme de ménage qui, grâce aux largesses de Benoît, vient deux fois par semaine, me retrouve prostrée sur le canapé du salon, deux fois abandonnée, deux fois plus malheureuse si c'est possible.

Gentiment, elle me susurre :

— Est-ce que ça vous dérange si je mets de la musique pendant que je nettoie la cuisine ? Ca aide.

Ca l'aide à mieux supporter l'ingratitude de son travail, ou ça aide les aveugles qui, comme moi, en abandonnant leur meilleur sens, doivent se focaliser sur les autres pour trouver une bonne raison de s'accrocher ?

Je me reprends. Depuis que je la connais, Nellie a toujours dit les choses en face, elle n'utilise pas de faux-fuyants ou de formules mystérieuses pour faire comprendre ce qu'elle a en tête. C'est moi qui imagine des significations cachées, parce que mes oreilles ont remplacé mes yeux. A moins que ce soit mon imaginaire qui débloque, ou un phénomène d'intuition relié à ce que je crois déceler dans les paroles qui sont désormais mon seul lien avec les autres, et mon repère le plus précieux.

— Allumez la radio, proposé-je.

La chanson qui déchire tout à coup le silence me prend par surprise, dès les premiers mots je suis happée, pantelante. Je tremble, tandis qu'une grosse pierre se promène dans mon ventre, là où ça fait mal.

Vivre ou ne pas vivre[10]
Vivre son rêve même à tout prix
Tout donner le jour et la nuit
S'abandonner à l'infini
Vivre ou ne pas vivre
Pour la gloire, pour les sous
Pour un rêve devenu fou
Faut-il y aller à genoux ?
Vivre ou ne pas vivre
Pour cette passion qui nous dévore
Ou l'on peut voir passer la mort
Puisqu'elle fait partie du décor
Être seul, être là
Être enfin face à soi-même
Être fort, être faible
Être encore face à soi-même
Être nu, être bon
Être doux face à soi-même
Être un jour, une nuit
Être en vie face à soi-même [...]

Il y a de l'eau sur mes joues, sur mon menton, sur mes lèvres. Les larmes pleurent d'une émotion qui vient du plus profond de ma conscience, qui puise dans mes souvenirs, dans mes doutes et dans mes peines. Les paroles rebondissent dans ma tête et s'y nichent pour chercher un écho à leur souffrance, tandis que la musique bat au rythme de mon cœur. Elle l'accompagne, elle aussi pleure.

Mais y a rien qui dure
Vivre ou ne pas vivre [...]

* * *

J'ai trop d'eau dans les yeux, trop de bulles qui palpitent dans mon ventre. L'émotion est trop forte à me tordre les entrailles. Il faut que je m'en éloigne au plus vite, sinon je m'écroule. Mais pour un aveugle, la notion de vitesse a ses limites et recèle de dangers invisibles que la nature ou l'invention humaine se plaisent à multiplier sur son passage. Un aveugle ne devrait jamais se montrer pressé.

De la cuisine où plane toujours la musique si belle et si triste, je traverse le salon puis j'enfile le couloir qui mène au placard aux manteaux. Mes mains me guident en s'appuyant sur le mur, mes pieds se dépêchent comme si des flammes leur couraient après. Ils en oublient que la commode aux clés déborde largement en travers de leur chemin, avec ses angles coupants et ses tiroirs ouverts.

L'obstacle me percute de plein fouet, c'est mon genou droit surtout qui encaisse le choc, il ploie de douleur, il s'effondre. Le hurlement que je pousse en réaction précipite Nellie à mon secours. Elle me retrouve blottie à quatre pattes, pleurant de rage plus que de chagrin, exaspérée contre cette maudite obscurité grise qui se superpose aux moindres éléments qui m'entourent, même les plus familiers.

— Là, là, ça va aller, murmure-t-elle doucement en me prenant dans ses bras.

Elle me câline comme un enfant qui a de la peine, et c'est bien à cet état d'impuissance et de dépendance que j'en suis réduite. Même mes larmes n'ont plus de dignité et dégoulinent en gros sanglots enfantins entrecoupés de hoquets pitoyables.

La brave Nellie me serre contre sa poitrine moelleuse qui se moule à la mienne, je sens la chaleur de son ventre, de ses bras, de tout son corps bien portant. Et je la savoure cette chaleur, cette douceur, comme l'assoiffé en plein désert. Je m'y abreuve et m'y pelotonne.

— Là, là, répète-t-elle. Vous êtes trop souvent seule à ruminer vos idées noires. Vous avez besoin de compagnie.

C'en est trop, et je lâche entre deux nouvelles coulées de larmes :

— Benoît me manque tellement, et maintenant Roselyne est partie à son tour. Je suis toute seule dans le noir.

— C'est dans votre tête que vous êtes seule, déclare Nellie.

— Dans ma tête ? Au contraire c'est là que se tiennent tous mes souvenirs. Ils me parlent, ils animent à leur manière le gris immuable que j'ai dans les yeux. Eux au moins me tiennent compagnie.

— Mais ils restent prisonniers à l'intérieur, et à l'extérieur, du coup, qu'y a-t-il ? Le silence. C'est mauvais, le silence.

J'attends qu'elle embraye sur les vertus de la musique, parce qu'à son avis : « ça aide ». Belle philosophie, quand on voit dans quel état je me retrouve.

Vivre ou ne pas vivre. Etre seule, être là. Etre enfin face à moi-même.

Je suis là, les yeux fermés, blottie contre Nellie, je suis bien. Sa chaleur repose contre ma chaleur et la nourrit, son sang bat contre mon sang. En cet instant c'est lui qui coule dans mes veines et me redonne vie.

* * *

Etre aveugle.
Etre seul.

Chapitre 7

*On peut tout perdre, les deux bras,
les deux jambes, les deux yeux,
les deux oreilles, si on garde
deux sous d'espoir, on est sauvé.*

Katherine PANCOL

Nellie
 est partie tel un cheval au galop, dès que la maîtresse de sa fille l'a appelée pour lui dire qu'elle avait très mal au ventre. Moi aussi j'ai mal au ventre, trop d'émotions refoulées y bouillonnent mais ce ne sont que des émotions d'aveugle. Que comptent-elles par rapport à l'appel au secours de son enfant ?
 Je me retrouve seule avec mon gris aux yeux et à l'âme. J'éteins la radio, le silence propre aux maisons vides le remplace. Mais j'étouffe, de ce vide justement qui prend toute la place. Il faut

que je me précipite à la rencontre de bruits, n'importe lesquels, ceux qui me prouveront que j'existe et que je ne suis pas seule au monde.

Me voilà dans la rue, guidée par ma canne que je heurte avec une violence farouche contre le bitume du trottoir : moi aussi je suis capable de faire du bruit, j'ai besoin d'entendre ce mouvement sec du bâton qui rebondit. C'est une goutte de vie qui s'en échappe, à laquelle je me raccroche désespérément.

Les moteurs des mobylettes sur la route pétaradent, il y a un coup de klaxon strident, des freins qui grincent, des pneus qui accélèrent en laissant flotter une odeur de caoutchouc brûlé. Un rire de femme glisse à côté de moi, puis me double par la droite. C'est un rire de poule, un gloussement qui couine, que je ne reconnais pas. Je ne me trouve pourtant qu'à quelques dizaines de mètres de ma maison, j'ai certainement déjà vu cette femme, avant. Je pouvais y associer un visage, un corps, une existence.

Il ne me reste que son rire caquetant, dont j'essaye de faire abstraction en me concentrant sur d'autres sons. Il y a cette voix sur ma gauche, qui s'écoute parler, qui explique et soudain déblatère. Elle insulte avec une violence verbale que je n'ai pas envie d'écouter. Une dernière phrase grossière s'échappe au milieu des bulles d'air. « Putain, tu fais chier, gros con. »

Je redouble de force avec les moulinets de ma canne. Je dois m'éloigner de cette source de pollution sonore. Soudain un concert d'aboiements me saute au cœur et l'arrête brutalement. Il repart à toute allure, affolé de surprise, tandis que les hurlements du chien, en garde devant son portail, continuent à mitrailler mes oreilles. Ce doit être le Beagle des Martin, dont je n'ai jamais pu supporter le caractère parfois déroutant.

Je sais où je suis. Si je continue encore quelques mètres, je longerai la maison des Praduret qui s'orne d'une verrière suspendue au-dessus d'un des plus beaux jardins que j'ai jamais vus. Au printemps, c'est un véritable enchantement, les fleurs de toutes les couleurs en débordent jusque par-dessus les murs du domaine et permettent aux passants envieux de s'étourdir à leurs parfums. Mais le temps des fleurs odorantes n'est pas encore venu, et la jolie verrière ne subsiste que dans mon souvenir. Je n'arrive pas à me rappeler s'il y a des camélias à son pied. Ce dont je suis sûre, c'est que dès les premiers jours d'avril, les étoiles rosées des magnolias déclenchent le plus délicat des feux d'artifice. Un spectacle féerique dorénavant condamné à l'état de fantasme, auquel je n'aurais plus jamais accès.

Je n'ai pas le temps de rager sur mes regrets, car c'est tout à coup une cacophonie d'aboiements qui explosent depuis les rues adjacentes, en réponse aux plaintes du Beagle énervé. Je laisse tomber ma canne, je cherche à me boucher les oreilles : je ne peux pas le supporter. C'est comme si, pour pallier aux déficiences de mes yeux, mon ouïe s'était affinée, aiguisée, et était devenue plus sensible. J'entends mieux, plus loin, mais surtout j'entends plus fort, et c'est insoutenable.

Je rentre bredouille à ma maison. J'étais sortie chercher de la vie, à travers la compagnie des bruits, mais ce n'est pas de cette compagnie-là, celle des bruits de la rue, dont j'ai besoin.

* * *

Je me recroqueville dans mon salon, je connecte vocalement mon téléphone et offre à mes oreilles des mélodies rythmées dont je peux fredonner les textes.

Elle était tombée sur la tête[11]
C'était encore la même histoire en fait
C'était la mort tombée dans la tempête
C'était encore la même histoire défaite
C'était la mort c'était l'hiver
En plein milieu du printemps
C'était l'enfer
Si tu m'aimes, je te casse les dents

C'était l'hiver
Les deux pieds dans le ciment
Le cœur à l'envers [...]

Aujourd'hui aussi c'est toujours l'hiver. Les mots d'Odyl me tiennent compagnie, en attendant les autres. Je les chantonne en boucle dans le salon, dans la cuisine, en passant le temps.

* * *

La sonnette d'entrée interrompt la chanson et me force à me reconnecter au monde extérieur. Je me lève et à tâtons, sans trop me précipiter quand même, je vais ouvrir. Qui peut bien me rendre visite ? Un voisin ? Lannick ? Il est encore trop tôt pour la récolte des légumes.

— Salut ma Clara. On a pensé qu'il était vraiment temps qu'on débarque.

Je n'en reviens pas : Emilien et Christophe sont là, mes collègues les plus proches. Enfin, proches : pas tant que ça finalement. En tout cas ils décident de montrer le bout de leur nez, ces anciens collègues, comme s'ils avaient attendu que je sois vraiment au fond du trou pour intervenir. C'aurait été trop lâche de ne pas passer me voir alors que, en raison de ma cécité soudaine, Benoît m'abandonnait.

Ont-ils mauvaise conscience de ne pas m'avoir rendu visite plus tôt ? Je repousse aussitôt cette mauvaise pensée. Je m'en moque. L'important est qu'ils soient là, à remplir mon petit salon de leurs deux présences. C'est tout un pan de mon passé qui, à travers leurs rires, me mord au ventre, sans que je cherche à évaluer si ça me fait plus de mal que de bien.

Je décapsule trois bières. A cette heure la Salle de contrôle doit somnoler dans l'attente du rush de l'après-midi, les contrôleurs baillent doucement dans la digestion lourde du déjeuner, le verre de café à la main. Je les imagine observant les longues volutes de fumée qui s'étirent vers le haut et planent légèrement vers les écrans radar désertés par leurs plots, comme pour les voiler aux regards. Elles montent plus haut, vers la charpente lumineuse et son néon laiteux. Les raies blanches ainsi déversées, en se mariant avec la couleur des écrans, prennent des reflets irisés. Il y a un doux climat de paresse à cet instant, telle une pause ravie avant la course des heures suivantes où les avions soudain se multiplieront, secouant les torpeurs.

Emilien et Christophe ne me demandent pas comment je vais, non par timidité : ils sont en général mauvais diplomates et d'une franchise parfois vexante. Face à ma misère ils éprouvent la pudeur des gens en bonne santé, ce qui entraîne une certaine retenue dans leur approche, et elle est la bienvenue. Car enfin, que doit répondre une femme qui, parce qu'elle a perdu la vue, perd son travail et son amour ?

A la place d'une impossible réponse, j'attaque :

— Comment vont les avions ?

Je n'ai pas encore fait mon deuil de la partie professionnelle de ma vie, je n'ai fait le deuil de rien.

— Ils volent bien, tu n'as pas entendu de report de crashs, n'est-ce pas ? plaisante Emilien. Une nouvelle ligne s'est ouverte sur Montréal, avec deux vols par semaine. Un stagiaire est arrivé. Il pige bien, sa formation ne devrait pas être trop longue.

Il ne s'avance pas beaucoup, ne donne pas plus de détails. Il doit hésiter sur la meilleure façon de parler à quelqu'un qui a tout perdu. Comment éviter la débauche de nostalgie, les regrets qui dégoulinent, la rancune peut-être contre l'iniquité du sort ? Ce sentiment cruel d'injustice parce qu'eux peuvent encore faire le travail qu'ils aiment, mais pas moi.

Il va quand même bien falloir qu'ils abordent des sujets plus intimes, j'ai envie d'avoir des nouvelles fraîches des autres, Cécile, Agathe, Maurice, Gaspard, Geoffroy. C'est étrange ce besoin de parler d'eux, et d'entendre parler d'eux, alors que l'on ne se côtoyait qu'au travail. Aujourd'hui je les considère comme des proches, leur vie privée m'intéresse, pour combler quoi ? Ce vide en moi ? Ce trou béant dans lequel je me noie sans arriver à remonter à la surface ? Quelque chose qui ressemble à de la solitude, et qui a besoin de se nourrir des autres pour continuer à survivre.

* * *

— Agathe a demandé sa mutation à La Réunion.
— Elle a des chances de l'avoir ?
— Elle est bien placée pour l'instant sur la liste. Sauf si un plus vieux se décide au dernier moment, explique Christophe.

La Réunion. Moi c'était Tahiti qui me faisait rêver, du temps où je pouvais encore m'offrir ce luxe. Tahiti et ses plages de sable noir, sa végétation luxuriante, et surtout ses lagons d'un bleu de piscine à se damner. C'était un rêve que nous avions partagé avec Benoît, aller nous installer pendant quelques années à Papeete, quand j'aurais pu obtenir ma mutation, et finir nos carrières là-bas, dans une maison suspendue au-dessus de l'eau. Peut-être Benoît le réalisera-t-il ce rêve. Pour moi, c'est désormais inutile. Qu'irais-je faire dans cette île de couleurs, sans mes yeux ?

— Gaspard va de nouveau être papa, raconte Emilien.
— Encore ? Il en a combien ?
— Pour le moment, il en est à quatre. Ca lui en fera cinq.
— Je n'en reviens pas ! Lui qui se plaint tout le temps d'être débordé et de ne plus avoir de temps pour lui, voilà qu'il rempile pour un enfant de plus. Pourquoi sa femme n'a-elle pas avorté ?

Emilien et Christophe ne peuvent m'apporter aucune réponse. Les choix familiaux de leur collègue ne sont pas de notre ressort, ils ne nous appartiennent pas, même s'ils nous laissent sceptiques et hésitants. Il faut passer à autre chose.

Dans le silence qui s'installe tandis que nous essayons de visualiser une maison remplie de cinq gosses hurlants, tout en sirotant notre deuxième bière, la sono continue à diffuser des chansons piochées au hasard de ses listes.

— Tu peux monter le son ? s'écrie soudain Emilien. J'aime bien cette chanson. On la chantait en duo avec ma sœur quand on était gamins.

Je suis resté qu'un enfant[12]
Qu'aurait grandi trop vite
Dans un monde en super plastique
Je veux retrouver Maman
Qu'elle me raconte des histoires

*De Jane et de Tarzan
De princesses et de cerfs-volants
Je veux du soleil dans ma mémoire.*

— Je veux du soleil, chantonne Emilien.
— Et moi donc ! C'est de circonstance, rétorqué-je en laissant s'échapper un rire, d'abord crispé puis lumineux, gorgé de bulles de bière, décidé à ne pas tout rapporter à mes malheurs. Je veux du soleil !

*Je veux traverser les océans
Devenir Monte-Cristo
Au clair de lune
M'échapper de la citadelle
Je veux devenir roi des marécages
Me sortir de ma cage
Un Père Noël pour Cendrillon
Sans escarpin.*

— Je veux du soleil, nous écrions-nous tous les trois en chœur. Rien que du soleil.
— Et de la bière, ajoute Christophe en levant sa bouteille.
— Venez danser, réplique Emilien. Faisons la danse du soleil.

Il me prend les bras, m'enlace et me fait tourner contre lui, tandis que Christophe se colle à mon dos. Et nous tournons en rythme, avec notre cœur, avec notre voix, qui s'échauffe de plus en plus.

Je veux faire danser Maman
Au son clair des grillons
Je veux retrouver mon sourire d'enfant
Perdu dans le tourbillon
Dans le tourbillon de la vie
Qui fait que l'on oublie
Que l'on est resté des mômes
Bien au fond de nos abris
Je veux du soleil
Je veux du soleil
Je veux du soleil.

Nos membres s'emmêlent, se percutent. Nos jambes, à se frotter aux autres, titubent en ne sachant plus trop où se poser. C'est si bon de sentir la chaleur des corps de mes deux compagnons, serrés contre moi comme pour me protéger. Je ferme les yeux pour tournoyer encore plus fort entre leurs bras. Je m'abandonne totalement. Il n'y a plus d'horizon gris que je n'ai pas voulu, à sa place rayonnent les étoiles de la danse, qui m'enivrent et me font tourner la tête.

Et je chante à m'en faire crever la voix, je hurle :
— Je veux du soleil !!!!

* * *

Christophe finit sa bière et réclame une autre chanson, une chanson à chanter, à danser, une chanson qui sort des tripes.

— « Tombé du ciel » ! Elle est pour nous ! Je veux l'écouter.

Tombé du ciel à travers les nuages[13]
Quel heureux présage pour un aiguilleur du ciel
Tombé du lit fauché en plein rêve
Frappé par le glaive de la sonnerie du réveil
Tombé dans l'oreille d'un sourd
Qui venait de tomber en amour la veille
D'une hôtesse de l'air fidèle
Tombée du haut de la passerelle
Dans les bras d'un bagagiste un peu volage
Ancien tueur à gages
Comment peut-on tomber plus mal ?

Nous tournons encore et encore, c'est dans leurs bras que je tombe, et j'aime ça.

Chapitre 8

C'est en lui ouvrant les portes de la musique qu'[il] lui avait ouvert celles de la vie.

Janine BOISSARD

Roselyne est revenue. Je l'espérais, c'est mon amie, elle ne pouvait pas me laisser complètement tomber. Pas comme ça, par dépit, parce que je l'avais vexée. Je suis aveugle, bon sang ! On n'abandonne pas ses amis aveugles dans un coin parce qu'ils se permettent un jour de fouiller un peu plus loin derrière les apparences. Il faut bien que je me rattache à la vie des autres.

— Excuse-moi Clara, je ne sais pas ce qui m'a pris. J'ai pris la mouche parce que tu t'approchais trop près d'une réalité que je voulais nier, alors que toi tu vis un enfer.

— Ce n'est pas grave. Je t'aime.

— Je n'aurais pas dû partir comme ça. J'ai tellement honte.

— Ce n'est pas grave.

— Mais tu as dû croire que je t'abandonnais comme Benoît. Comment a-t-il pu te faire ça ? Pourquoi ne revient-il pas ?

— Tu plaisantes ? Ma cécité l'obligeait à opérer un changement de vie radical qu'il n'était pas prêt à accepter. Même s'il éprouve des remords de m'avoir laissé tomber, il ne reviendra pas.

— Tu ne lui en veux pas ?

— Si, je lui en veux. Je lui en veux à mort. Comme j'en veux au mauvais sort qui m'a pris mes yeux. Ca fait trop de douleur à gérer. J'ai déjà dû encaisser une première fois quand mes parents sont morts. Je ne peux pas rester accrochée à cette pente-là, sinon je saute. Je suis comme ces vieillards qui ne s'autorisent pas à penser à la vengeance, car ils n'ont pas d'avenir, ils n'ont que des souvenirs auxquels ils s'accrochent, ils les ressassent, ils ne savent pas parler d'autre chose.

— Alors tu ne m'en veux pas non plus ? Tu me pardonnes ? insiste Roselyne avec une voix fêlée que je ne lui connais pas.

Elle n'a donc pas compris que j'ai besoin de sérénité, de compagnie, de la présence d'amis ? Que je ne peux pas me permettre de fâcher les gens et de faire le vide autour de moi ? Le vide de mes yeux est déjà bien assez terrifiant.

— Parfois je me dis que la cécité n'est pas la pire des infirmités, dis-je. Il y a aussi la solitude.

* * *

— Je me suis coupé les cheveux, annonce Roselyne.

— C'est vrai ? C'est super. Quelle coupe as-tu choisie ?

Je m'excite comme une gamine avide d'apprendre un secret réservé aux grands. Il y a un peu d'envie dans mon exaltation, car elle peut faire admirer sa nouvelle coiffure, elle peut surtout l'admirer elle-même. Mes cheveux ont repoussé trop long et en désordre, et un passage chez le coiffeur ne serait pas inutile pour leur redonner forme. Mais à quoi bon puisque je ne pourrais pas voir le résultat ?

— Je me suis fait faire un carré. Le but : que l'entretien en soit facile.

— Un carré comment ? A la Louise Brooks ?

— Non, non, j'ai opté pour un carré plus long, avec une frange. Je voulais un effet flou, en dégradé.

La conversation me semble irréelle. Roselyne se tient là, à côté de moi, et c'est comme si nous nous trouvions chacune chez nous, à l'autre bout de la ville, et que nous échangions par téléphone interposé. La situation tourne au grotesque, et une frustration grandissante m'envahit à l'idée que la nouvelle Roselyne me sera à jamais inconnue et que je resterai fixée sur l'image de l'ancienne, celle que je connais.

J'essaye malgré tout de réarranger dans ma tête son visage en lui superposant la vision que je me fais d'un carré flou. Le cliché reste vague, j'ai du mal à l'imaginer. Je ne peux même pas lui répondre que ça lui va bien. La frustration s'installe, rageante.

— Tu es contente du résultat ?

— Je crois que oui. J'ai l'impression que ça me rajeunit. Tu devrais peut-être prendre un rendez-vous toi aussi. Tu vois, je me sens tellement plus légère.

— Non, je ne vois pas.

Un léger cri, puis un gros blanc, le temps qu'elle se rende compte de sa bévue et se demande comment la rattraper. Je devrais plaisanter, changer de sujet, je n'y arrive pas. C'est drôle, on parle de blanc pour évoquer un silence dans une conversation, comme on dit indifféremment : je n'en crois pas mes yeux, ou je n'en crois pas mes oreilles. Comme si l'ouïe et la vue étaient interchangeables et pouvaient se remplacer l'une l'autre. Malheureusement il n'en est rien. C'est une chimère. Une oreille ne remplace pas un œil, jamais. Ce serait trop beau.

* * *

Roselyne est repartie chez elle, emportant sa nouvelle coupe de cheveux, qui soi-disant la rajeunit. Je termine le paquet de cacahuètes que j'ai ouvert pour accompagner notre bière. Il n'y avait pas de chocolats à partager cette fois, elle n'avait rien apporté. Comme si elle avait eu peur que je ne lui pardonne pas et ne lui jette ses chocolats à la figure. De si bons chocolats. J'en aurais bien mangés quelques-uns, par gourmandise. Ne sachant par quelle serait ma réaction, elle a préféré venir les mains vides.

A moins qu'elle n'ait pensé que ce n'était pas raisonnable de me tenter avec des sucreries. J'ai pris l'habitude de compenser la perte de mes yeux par l'engloutissement de nourriture, et le départ de Benoît n'a fait qu'empirer mon addiction. Ou alors elle a simplement oublié d'acheter mes chocolats, ou elle n'a pas eu le temps avant de venir.

Il y a tant de possibilités différentes et, avec ma vue désormais absente, je n'ai rien pu voir, rien pu deviner. J'aimerais pourtant comprendre. C'est comme si le fait de ne pas visualiser les gens m'obligeait à m'interroger sur le pourquoi de leurs actions. Leurs décisions et leurs mobiles finalement me relient à eux. Alors j'extrapole. Pourquoi Lannick par exemple n'est pas revenu me voir ? Il avait dit qu'il m'apporterait des légumes. J'avais cru qu'il jetait ce prétexte pour s'autoriser à me rendre visite. Il ne pousse pas de légumes en mars, et il ne ne vient pas. Dois-je lui chercher des excuses ? Pourquoi viendrait-il ? En quoi pourrais-je l'intéresser ? Peut-être a-t-il été muté dans un autre collège et a-t-il déménagé ?

Des dizaines de questions sans réponse et d'interprétations de ses actes se bousculent dans mon cerveau surchauffé. Je lui invente les histoires que je ne lis plus.

Peut-être lors de notre rencontre a-t-il eu pitié d'une pauvre aveugle mais cette pitié s'est enfuie avec le temps, balayée par ses occupations personnelles. Ou peut-être ne m'a-t-il pas trouvée suffisamment digne d'intérêt. Je n'ai jamais su me mettre en avant, prendre la parole et accaparer l'attention, faire rire, me rendre irrésistible. Je ne sais pas me faire aimer. Puisque Benoît m'a quittée.

J'étais une excellente coéquipière d'escalade, je ne le suis plus. J'étais plutôt bonne au lit. Cela n'a pas suffi. Ses bras autour de moi me manquent avec une force si féroce que j'en ressens un malaise physique qui me dévore de l'intérieur. Nous savions si bien nous donner du plaisir. Mes souvenirs se referment sur nos premiers rendez-vous, notre baiser le plus romantique, — c'était lors d'une promenade en barque à la tombée de la nuit, il avait prévu les bougies, le vin enivrant, le pique-nique, et les coussins soyeux —, nos sorties alpinistes en salle ou sur les falaises couleur de soleil. Ils sont comme mus par un instinct de survie plus fort que le travail de mémoire : trier, garder le bon, ne pas remuer ce qui fait mal. Je me rappelle nos ébats passionnés, notamment ceux que nous nous ingénions à étaler dans les endroits les plus improbables. Oui, j'ai vécu cette passion des corps qui se cherchent sans cesse, j'ai connu avec lui la griserie des rochers contre lesquels on bataille. J'ai vécu tout ça, j'étais heureuse alors, et je ne le savais pas.

Peut-être est-ce parce que mon corps est tellement en manque d'un autre corps qu'il cherche à se nourrir là où il peut et puise dans les souvenirs. J'ai apprécié si fort mes danses avec Christophe et Emilien, mon empoignade avec Nellie. Je suis en manque de contact physique. C'est comme une brûlure sournoise et lancinante qui ne fait que grandir, et réclame satisfaction. C'est pourquoi je fantasme sur Lannick, que je n'ai croisé qu'une seule fois. Comment occulter le fait qu'il était couché sur moi, avec son kilt ouvert au vent, qu'il ne portait rien dessous, et que mes mains avaient failli empoigner son sexe exposé ? Ce souvenir anime l'écran brumeux de mon cerveau et fait semblant de lui donner vie.

* * *

Avec des gestes lents et las, j'ôte mes vêtements, je palpe mon ventre, mes seins. Pour la première fois depuis l'accident, je m'observe avec mes mains, sans complaisance. Je me scrute. Mon ventre est flasque, je peux presser la chair entre mes doigts, la graisse.

Depuis deux mois j'ai mangé, pour compenser, je n'ai pas pu me regarder pour me rendre compte de mon apparence, et j'ai grossi. Je me sens lourde, et molle, et laide. Pas étonnant que Benoît m'ait quittée et que Lannick ne vienne pas. Je ne suis qu'une grosse vache avec les mêmes yeux bêtes qui ne voient pas. Alors quelle importance que je devienne obèse ? Qui parle d'estime de soi ? Elle passe d'abord dans le regard des autres, et comme je ne peux pas voir ce qu'ils pensent de moi, pourquoi devrais-je m'en inquiéter ? Ni Lannick ni Benoît ne viendront regarder mes bourrelets de près.

Tout de même, Roselyne aurait pu penser à m'apporter une boîte de chocolats. Comment a-t-elle pu oublier ? J'en ai besoin.

A défaut de sucre, je me rabats sur une boite de conserve qui sommeille depuis des années à la cave. Je n'ai pas le courage de me préparer un vrai repas, je suis trop en manque de nourriture.

J'ouvre le couvercle en essayant de deviner ce qu'il cache. L'odeur qui se dégage de la boîte évoque le canard, la tomate, les haricots : du cassoulet ! Le plat parfait pour engorger mes cellules graisseuses.

Je le fais réchauffer dans une casserole et le touille pour qu'il ne carbonise pas au fond. Mes narines en frémissent, elles palpitent d'excitation. Mon estomac se régale par anticipation et diffuse sans attendre ses hormones du plaisir.

Quand l'arôme qui s'expulse et le bouillonnement qui ronronne ont suffisamment donné de la voix, je verse le contenu dans une assiette. Avec ma fourchette, je pique au hasard de ce qui se présente sous mes dents, un morceau de confit, de la saucisse, une poignée de haricots blancs. Çà, c'est une tranche de couenne, m'indique mon palais. Il n'y a pas besoin de couteau pour dépecer les quartiers de viande, tout est mou et onctueux, succulent. Et plus invisible qu'un fantôme hélas.

C'est comme si je mangeais du vide au goût de cassoulet, qui ne prendrait consistance qu'une fois enfourné à l'intérieur de ma bouche. Il n'y a pas de préparation visuelle, les yeux ne participent pas au repas, ils ne le transcendent pas. Je mange, je me gave, et c'est bon. J'aimerais me dire que c'est appétissant, mais je ne le peux pas. Il manque la participation visuelle sans laquelle l'acte de manger perd une partie de son intérêt, il se transforme en une orgie indélicate où il faut engloutir pour jouir.

Alors j'engloutis, je me régale de saveurs incolores, je m'en mets plein le nez, et la bouche. C'est déjà mieux que de manger de la pâtée immonde. Ou que de ne rien avoir à manger du tout, et crever de faim.

* * *

Je traîne ma bouée de graisse sur mes jambes malhabiles, à travers le jardin, jusqu'à la rue. Je ne vais pas plus loin que le portail. Au-delà il y a des bruits insupportables, des voix qui dérangent, des aboiements qui hérissent, des moteurs qui galopent.

Le printemps s'annonce dans le calendrier, et je le sens aussi dans un radoucissement de l'air, dans les chants des oiseaux qui devinent son approche. Les jonquilles et les narcisses doivent faire jaillir de terre leurs corolles dorées, les arbres fruitiers se couvrir de flocons de fleurs, et les primevères en touffe avaler le gazon. Cette éclosion a lieu en dehors de moi, je dirais même malgré moi, tant je préférerais que l'hiver écrase les symboles du renouveau, qu'il fasse crever les pétales et faner les couleurs. Puisque je ne pourrai plus jamais les voir, à part dans mes souvenirs trop fades pour vraiment réchauffer, je voudrais que les fleurs disparaissent, ainsi que les jolies feuilles vert tendre à l'affût sur les branches, les bourgeons mauves gonflés de sève, les couchers de soleil flamboyants et les ciels si bleus. Puisque mon ciel à moi n'est qu'un amas tourmenté enseveli sous des nuages d'orage si sales qu'on en pleure.

Je m'installe avec précaution sur une des chaises du jardin et offre mon visage à la caresse du soleil. La température est douce, ça fait comme un baiser sur ma peau. Je me laisse aller, les yeux clos dans le vague, comme toujours remplis de noir, et je me rassasie de chaleur. C'est donc cela que ressentent les touristes qui s'étalent comme des crêpes sur les plages : cet abrutissement, cette langueur sournoise, cet oubli de tout qui fait croire que, enfin, on est à sa place.

Sous la morsure du soleil qui nous oblige à fermer les yeux, on devient tous pareils.

* * *

Je suis seule sous la caresse de la brise printanière : Benoît a disparu, Roselyne est en visite chez sa mère, Christophe et Emilien travaillent et disent bonjour aux avions. Mes parents sont partis il y a longtemps déjà. Lannick, quant à lui, ne donne toujours pas signe de vie. Je croyais qu'il serait différent des autres, qu'il aurait plus de courage que Benoît ou que tous ceux qui repoussent ceux qui ne sont pas comme eux. Je me suis trompée. S'il s'est affranchi du joug imposé par les normes vestimentaires en s'autorisant à porter des kilts, il fuit comme les autres ce qui fait mal et met mal à l'aise.

Je suis donc seule face à moi-même. Comme dans la chanson. Elle m'avait bouleversée si fort, cette chanson, que j'en garde encore en tête certains vers, tristes mais portés par une musique si belle qu'elle les sublime.

Je commence à fredonner :

— *Vivre ou ne pas vivre, vivre son rêve même à tout prix, tout donner le jour et la nuit, s'abandonner à l'infini…*

Mes yeux ne retiennent plus l'eau, l'émotion les submerge, les digues craquent, mais je continue.

— *Être seul, être là, être enfin face à soi-même. Être fort, être faible, être encore face à soi-même. Renoncer au grand amour, danser sans arrêt, toujours. Mais y a rien qui dure…*

Non, rien jamais ne dure.

* * *

Les larmes me lavent, je prends plaisir à chanter ces paroles qui font si bien écho à mon chagrin, elles l'accompagnent, elles le roulent.

J'en cherche d'autres, mélancoliques, passionnées, de celles qui font vibrer et battre le cœur. Et ma voix s'élève, tremblante, elle m'emporte hors de mon corps infirme, par-delà mon horizon sans forme, sans mouvements et sans couleurs. Les mots qui s'en échappent sont ceux de tous les amoureux vieillissants, de tous les hommes soumis à leur morne condition d'homme, ils sont moi, et ils sont les autres.

Et quand nos regrets viendront danser[14]
Autour de nous, nous rendre fous
Seras-tu là ?
Pour nos souvenirs et nos amours
Inoubliables, inconsolables
Seras-tu là ?
Pourras-tu suivre là où je vais ?
Sauras-tu vivre le plus mauvais ?
La solitude, le temps qui passe
Et l'habitude, regarde-les
Nos ennemis, dis-moi que oui

Dis-moi que oui.
Quand nos secrets n'auront plus cours
Et quand les jours auront passé
Seras-tu là ?
Pour, pour nos soupirs sur le passé
Que l'on voulait, que l'on rêvait
Seras-tu là ?
Le plus mauvais
La solitude, le temps qui passe
Et l'habitude, regarde-les nos ennemis,
Dis-moi que oui
Dis-moi que oui.

La mélodie me monte à la tête, elle se glisse dans les recoins laissés vides, comme si elle avait décidé de les coloniser pour qu'enfin ils se peuplent et ne me fassent plus peur. Elle s'empare de moi et m'enivre.

* * *

— Qu'est-ce que vous faites ?

Les mots prononcés par Nellie me font l'effet d'un boomerang reçu en pleine tête. Je sursaute et laisse couler quelques secondes, le temps de retrouver mes esprits. J'avais oublié qu'elle venait aujourd'hui. Je ne sais plus quel jour nous sommes, puisque pour moi les jours sont tous pareils.

Je finis par répondre platement :
— Je chante.
— Vous chantez faux, assène Nellie sans détours.

J'imagine la grimace qui doit accompagner ses paroles, elle s'est peut-être même bouché les oreilles.
— Et alors ? Je chante pour moi. Pour que ma voix me tienne compagnie. Et plutôt que de me débiter des monologues, je préfère emprunter les mots de chanteurs, des mots qui me touchent.
— Qui vous font pleurer, vous voulez dire. Vous parlez d'une compagnie.
— Ma mère chantait dès qu'elle avait du chagrin, ça l'aidait à se soulager. Je suis comme elle. C'est tellement beau quand c'est triste.
— Qu'est-ce qu'elle chantait, votre maman ?
— Des chansons à textes, des chansons d'amour, des chansons pour oublier.

Chanter, pour oublier ses peines[15]
Pour bercer un enfant, chanter
Pour pouvoir dire "Je t'aime"
Mais chanter tout le temps
Pour implorer le ciel ensemble
En une seule et même église
Retrouver l'essentiel, et faire
Que les silences se brisent
En haut des barricades

Les pieds et poings liés
Couvrant les fusillades
Chanter sans s'arrêter
Et faire s'unir nos voix
Autour du vin qui enivre
Chanter quelqu'un qui s'en va
Pour ne pas cesser de vivre.

* * *

— C'est beau, c'est sûr, s'exclame Nellie. Mais c'est pas des paroles pour vous, pas dans votre état. Je sais ce qu'il vous faut.

Sans me laisser le temps de plaider mon désir de partager des mots assortis à mes états d'âme, Nellie décide de se charger de les égayer, et lance son cri de ralliement.

A petit feu pour démarrer[16]
Une caresse pour décoller
Si tu veux te réchauffer
Faut savoir bien biguiner
C'est bon pour le moral [...]

— Allez, chantez avec moi : C'est bon pour le moral !

Je m'exécute sans me faire prier. Si c'est bon pour le moral...

— On va même faire mieux que chanter, on va danser, ajoute Nellie. Allez, bougez votre corps en rythme, vous n'avez pas besoin de vos yeux pour danser.

Elle m'entraîne avec elle dans sa biguine bonne pour le moral, nous collons nos ventres, nos hanches, puis elle me fait tourner sur moi-même en me prenant par les mains.

— Pour biguiner, il faut avoir du soleil dans la tête, et de l'amour au cœur. Ca se passe à l'intérieur de votre corps. L'énergie est véhiculée par la musique et vous n'avez plus qu'à laisser bouger vos membres. C'est eux qui font le travail. Ils n'ont pas besoin d'y voir. Vous la sentez, l'énergie ?

— Oui je la sens !

Les sensations sont extraordinaires. En dansant avec Christophe et Emilien, j'avais déjà ressenti une plénitude née de nos chairs moulées. Le rythme avait été lent, un slow, langoureux. Aujourd'hui dévale dans mes veines un flot vitaminé qui s'empare de mon corps entier et le pousse à se désarticuler, à onduler avec une ardeur contagieuse.

Roulez, roulez
Dansez, dansez
C'est bon pour le moral.

* * *

— Alors, est-ce que ce n'est pas mieux que de ressasser des mauvaises pensées à coup de paroles et de mélodies déprimantes ? déclare Nellie apparemment très satisfaite d'elle. Le rythme, tout est là. On l'a dans la peau.

Elle semble tellement inspirée que j'attends le moment où elle va me sortir une banalité, en y croyant dur comme fer : Avec le rythme, on survit à tout. C'est une autre banalité qui passe la barrière de sa bouche :

— Je dois aller faire le ménage.

Le charme est rompu.

— Que puis-je faire d'autre pour vous avant de m'y mettre ? ajoute-t-elle.

Le réveil est trop brutal. Je dansais bien, j'étais heureuse. La pensée que cela aurait une fin ne m'effleurait pas, je profitais enfin de l'instant présent, à fond. Mon corps vivait et chantait et acceptait que pour danser, il n'avait effectivement pas besoin de voir.

Et Nellie qui naïvement me demande ce qu'elle peut faire pour moi, en plus du ménage ! Le retour à la réalité me prend au dépourvu et me fait si mal que j'ai l'impression que mon corps entier souffre, comme si on l'avait battu à mort. Que peut-elle faire de plus pour une aveugle, à part lui donner ses yeux ?

Je me ressaisis, je refuse de la remercier en lui balançant ma misère en échange. Puisqu'elle n'y est pour rien.

— Et si vous oubliez le ménage aujourd'hui et à la place m'appreniez à danser ? demandé-je avec une fébrilité qui révèle l'importance que j'attache à ma requête. Je ne vous ferai pas de reproches parce que des miettes traînent par terre. Vous voulez bien ?

Et parce qu'une idée saugrenue jaillit soudain de mon esprit, j'ajoute :

— Avant de commencer, est-ce que vous pouvez regarder si les volets de la maison voisine sont fermés ?

Chapitre 9

Elle s'en remit au vent, écouta la chanson que lui soufflait le bruissement des branches, composa quelques notes, chantonna en sourdine.

Katherine PANCOL

Les volets de Lannick restent clos. Il ne donne pas signe de vie. La conclusion s'impose d'elle-même : il n'habite plus ici et je ne le reverrai jamais. Et pourtant je n'arrive pas à ne plus penser à lui. Comme s'il avait profité de la place laissée libre par Benoît pour s'installer dans ma tête et faire pulser mon sang

Notre rencontre s'était orchestrée sous le coup de baguette d'un hasard malicieux qui s'était amusé à déposer sur ma route un homme à kilt, insolite, bienveillant, d'une gaieté enfantine. Un inconnu croisé un bref instant mais qui m'avait marquée et que je n'oublierai pas. Je m'étais sentie tellement à l'aise à côté de lui, malgré nos premières secondes ensemble, si grotesques qu'elles ne m'avaient pas montré à mon avantage. Je m'en moque encore souvent : ce n'est pas tous les jours qu'on culbute sur un homme aimant porter des jupes.

Ma fascination vient peut-être que je ne sais pas grand chose de son visage et que je peux donc tout inventer. A chaque fois que je pense à lui, je peux l'imaginer avec un regard différent, parfois doux et rêveur, parfois ténébreux, parfois fuyant. Une bouche fine ou épaisse, sensuelle ou molle, des joues creuses, non : pleines, avec d'adorables fossettes. Bref : un fantasme.

Je ne peux même pas dire qu'il a l'air gentil, j'en sais encore moins sur son corps : est-il grand, trapu, velu, séduisant ?

Un fantasme. Qui me revient sans cesse, sans que je l'appelle. Inutile, nuisible, s'il ne peut combler le vide qui patauge dans mon ventre.

* * *

Je n'arrive pas à brider mon imagination. Souvent je me réveille en pleine nuit, ou au petit matin, et je cherche à me laisser aller, je me dis qu'il fait noir et que je suis bien, aspergée par la lueur douce de la lune qui semble caresser mes paupières. Il fait nuit, que mes yeux soient fermés ou ouverts n'a aucune importance, et je n'ai pas à regretter que pour les autres la lumière brille malgré l'obscurité.

Mais bientôt le noir de la nuit se confond avec tous les noirs de mes peurs les plus atroces, et je pense à la mort.

J'appelle d'autres voix à mon secours, des voix déchirées, qui bercent mon spleen en le partageant. Leur peine est la mienne, leur colère aussi. Nellie n'est pas là pour me faire danser, et mon sœur saigne.

J'ai comme envie de tourner le gaz[17]
Comme envie de me faire sauter les plombs
Comme envie d'expliquer comme ça
Ton indifférence ne me touche pas
Je peux très bien me passer de toi
Comme envie de sang sur les murs
Comme envie d'accident de voiture
Comme envie d'expliquer comme ça
Ton indifférence ne me touche pas
Je peux très bien me passer de toi
J'ai comme envie de n'importe quoi
Comme envie de crever ton chat
Comme envie de tout casser chez toi
Comme envie d'expliquer comme ça
Je peux très bien me passer de toi
J'ai comme envie d'une fin torride

Comme on en voit qu'au cinéma
J'ai comme envie que ce soit terrible
Et que ça se passe juste en bas de chez toi
Je peux très bien me passer de toi.

* * *

Le gazon doit être tapissé de petites fleurs, pâquerettes, violettes et primevères, en touffes de couleurs, délicates et tendres, que je ne peux qu'imaginer, comme toujours, en essayant d'incruster les photographies de mes souvenirs des printemps précédents sur l'écran désespérément gris de mon quotidien. J'essaye très fort, j'en ai mal à la tête de devoir sans arrêt superposer mes clichés enregistrés. J'étouffe. Mais c'est l'unique ressource qui me reste.

Tout près à ma droite se dessine le claquement d'ailes d'un oiseau. Il paraît très proche, à deux ou trois mètres, pas plus. Il s'est posé, peut-être pour picorer un ver. Puis soudain, comme si je le gênais, il s'envole en suivant le vent, il m'abandonne.

Ma canne d'aveugle vole à plusieurs mètres, je ne peux plus la supporter tant elle symbolise ma condition de prisonnière. Elle me fait horreur à toujours se tenir là, à mes côtés, pour rappeler combien je suis devenue dépendante.

Je m'écrase à quatre pattes et rampe jusqu'à l'herbe. Les petites tiges me lèchent les genoux, je grogne, je fouille la terre. Les voilà les précieuses étoiles veloutées, si douces sous mes doigts, je caresse leurs pétales, puis brusquement je les arrache et les lance au loin.

— Eh ! qu'est-ce que vous faites ?

La voix surgie de nulle part est furieuse, et si proche de moi que je ne peux pas douter qu'elle s'adresse à moi. Je ne réponds rien. Ce que je fais n'est-il pas suffisamment clair ? Je tue les petites fleurs pour faire croire qu'elles n'existent pas.

— Arrêtez ça tout de suite !

Cette voix, rauque, mâle, rageuse, je la connais, je l'ai déjà entendue, mais avec des sonorités différentes, nettement plus joyeuses. Est-il possible que ce soit...

— Lannick ? C'est vous ?

— C'est moi. Surprise ?

— Vous pouvez le dire. Je ne pensais pas vous revoir un jour.

— Je n'étais pas malade à ce point, proteste Lannick.

Sa réponse me laisse confuse, avec l'impression que quelque chose m'échappe. Si seulement je pouvais regarder ses yeux, je pourrais y lire ce qu'il semble me reprocher. A la place, je n'ai que mes oreilles pour comprendre, et c'est loin d'être suffisant.

— Vous avez été malade ? demandé-je d'une voix que je voudrais assurée mais qui trahit ma frustration.

C'est au tour de Lannick de s'étonner, comme en témoigne sa réponse hésitante en forme d'interrogation.

— Vous ne le saviez pas ?

— Mais non, comment l'aurais-je su ? Vous n'avez donné aucune nouvelle.

— Vous n'avez pas vu que le médecin était passé plusieurs fois chez moi et que mes volets étaient restés fermés quand j'ai été hospitalisé ?

— Ma femme de ménage m'a dit que vos volets étaient fermés mais j'en ai déduit que vous aviez déménagé et que ce n'était plus chez vous. Quant au médecin, non, je ne l'ai pas vu, comme vous dites.

A-t-il oublié que je suis aveugle ? Comment ose-t-il m'agresser comme un pochard qui déborde de whisky et insulte tous ceux qu'il croise ? Qu'est-ce qu'il imagine ? Que je possède une caméra qui filme les allées et venues de mes voisins et sonne l'alarme à chaque passage ?

J'aimerais tellement savoir ce qui se passe dans sa tête, et observer ses sentiments dans ses yeux.

— Bon Dieu Clara, excusez-moi, ce n'est pas ce que je voulais dire, s'écrie-t-il. Pardonnez-moi.

— Vous pardonner quoi ?

— Comme vous ne preniez pas de mes nouvelles, je croyais que vous vous désintéressiez complètement de mon sort. Que je suis bête ! Je croyais que vous saviez que j'étais gravement malade, et que vous vous en fichiez.

— Je ne pouvais pas le savoir. C'était à vous de me l'apprendre.

— Je suis désolé, j'ai mal interprété votre silence.

— Et moi le vôtre. Vous avez été très malade ?

— C'est parti au début comme une grippe, qui a dégénéré en pneumonie. Je vous assure, je n'étais pas en état de vous rendre visite.

Je lui dédie un sourire qui, mieux que des paroles, est sensé lui révéler que je ne lui en veux pas de s'être trompé sur mon compte et de m'avoir boudée, d'avoir attendu de moi une attention que j'étais incapable de lui apporter dans mon ignorance de la situation périlleuse dans laquelle il se morfondait. Je suis sûre qu'en retour il me rend le même sourire, en signe de paix. C'est tellement merveilleux qu'il soit enfin venu.

* * *

— Donne-moi ta main, touche les feuilles qui commencent à se défaire de leurs gangues. Elles sont tendres, et craquantes. Tu sens leur velouté, leur ardeur à vivre, la sève qui les pousse vers le soleil ? Tu les dessines dans ta tête ?

— Oui, je les imagine très bien. Je les connais tu sais. Je les ai vues des centaines de fois avant.

— Il faut continuer à les voir dans ton cerveau, et ne pas leur faire de mal. Elles ne demandent qu'à vivre.

— Moi aussi, je ne demande qu'à vivre, mais sans mes yeux, c'est difficile.

Je m'entête à tout ramener à moi et à mon infirmité, comme pour tester le degré de résistance de Lannick à mes plaintes. Je me méfie d'autant plus de ses réactions que j'ai envie de croire en lui. S'il ne devait rester qu'à l'état d'un impossible fantasme ?

— Tu n'as pas peur de mes yeux morts ?

— Non, ils ne me font pas peur, ils ne me rebutent pas. Je les trouve doux, on a l'impression qu'ils rêvent, parce qu'on ne sait pas ce qu'ils cachent, à quoi ils pensent. Et j'adore les mystères. Tu es un mystère. Ne baisse pas tes yeux devant moi, jamais.

* * *

Je suis sa voisine avant tout, c'est ça qui prime. Les voisins s'entraident entre eux, ils se rendent visite, s'échangent de menus services. En attendant de m'apporter des légumes encore à l'état de germes, et de tondre mon gazon, Lannick entreprend de m'apprendre, non pas l'anglais, mais le langage des oiseaux.

— Leur gazouillement est le premier signe annonciateur du printemps. Le meilleur moment pour les écouter chanter, c'est à l'aube, quand le soleil se lève et qu'ils marquent leur territoire. En été ils sont trop occupés à nourrir et élever leurs nichées, ils chantent beaucoup moins, ils économisent leur énergie.

— Est-ce que tu sais les différencier ?

— Certains d'entre eux. Le chant du rouge-gorge ressemble au chant d'une petite rivière, ses strophes sont à la fois flûtées et mélancoliques. Celui de la mésange charbonnière est plus énergique et répète les mêmes motifs métalliques : titu titu titu.

— Quel est le plus matinal ?

— C'est le rouge-queue noir. Il entonne son chant une heure trente avant le lever du soleil, ça fait comme un froissement de papier. Oh, voilà un merle, il s'est installé sur l'antenne de télévision. Est-ce que tu entends ses notes flûtées, éclatantes, et tellement variées ?

— C'est une magnifique mélodie, murmuré-je. Il s'installe souvent sur cette antenne le soir, et il raconte sa journée.

— S'il adore gazouiller, c'est pour éloigner ses rivaux et séduire les femelles. Il veut montrer qu'il veille farouchement sur son territoire. Ecoute attentivement les différentes strophes musicales qu'il produit. Quelle créativité !

Tandis que le merle babille là-haut, au-dessus du toit, j'offre une bière à mon professeur. Le soleil d'avril tape les yeux, la peau, d'autres oiseaux interviennent dans le concert et s'en donnent à cœur joie. C'est si puissant que je me laisse complètement aller, je savoure ma boisson, sereine, bercée par tous ces mâles à plumes qui appellent une femelle.

Et soudain ma sérénité vole en éclats, quand je réalise que le mâle dont j'ai envie me considère davantage comme une de ses élèves que comme une femme. Je suis sa voisine, et à ce titre, j'ai droit à son aide, ainsi qu'à son amitié je crois. Il me respecte, il me plaint sans doute car il est généreux. Mais qu'en est-il de ses autres sentiments ? Il y en a qui ne sont pas ceux que je voudrais lui inspirer. Eprouve-t-il de l'affection, de la pitié, de l'intérêt pour moi ? De l'attirance ?

Seule au bord de mon lit après qu'il m'ait gentiment raccompagnée à la porte de la véranda, je me dresse bien droite et commence à palper mon ventre, qui fait comme une colline molle au-dessus de mon sexe. Et ces amas de chair que je peux attraper à pleins doigts à la taille, ils n'y étaient pas avant. Je ne les ai pas vus arriver ceux-là, ils se sont gavés des chocolats de Roselyne, des bières que je me suis offerte entre amis mais aussi en solitaire, et de toutes les cochonneries compensatoires que j'ai ingurgitées en croyant qu'elles me feraient du bien.

Le résultat est là : je me suis laissé aller sous le prétexte que je me moquais de mon apparence puisque je ne pouvais pas la voir, j'ai engraissé. Jamais Lannick ne me trouvera séduisante avec une silhouette pareille.

* * *

J'ai un but, je mange moins, je fais deux heures de vélo par jour, du sur place, en utilisant celui installé dans le bureau, ce qui me permet d'écouter des films en audiodescription. Malgré l'insertion d'éléments visuels importants pour la compréhension de l'intrigue, je les visionne souvent plusieurs fois, en choisissant des scénarios peu bavards. Sinon les descriptions sonores n'ont pas le temps de s'intercaler entre les dialogues et ça devient incompréhensible.

J'écoute aussi des films où les gestes ne tiennent pas trop de place, des pièces de théâtre filmées, des huis clos dans lesquels l'action progresse grâce aux dialogues des protagonistes. Quand ils ne sont pas trop nombreux, je peux distinguer leurs voix. Je proscris les films à grand spectacle, quand les effets spéciaux, perdus pour moi, remplacent l'histoire.

Je pédale en happant une voix anonyme qui décortique pour moi le scénario et me décrit les scènes, comme chez Louis Chedid.

Moteurs[18]
L'action se déroule dans ta ville
Vue d'hélicoptère ou du haut d'un building
Et puis la caméra zoome avant
Jusqu'à ton appartement
Ainsi soit-il
Tel est le nom du film
Comme il est dit dans le scénario
Gros plan de toi dans ton berceau
Comme il est précisé dans le script
Lumière tamisée flou artistique [...]
Autre séquence autre scène
Champ contre champ gros plan sur elle
T'as raison y a que l'amour qui vaille la peine
Demande à l'éclairagiste qu'il éteigne [...]
Flash-back tu regardes en arrière

Toutes les choses que t'as pas pu faire
Tu voudrais disparaître dans le rétroviseur
Mais personne n'a jamais arrêté le projecteur [...]
Travelling sur un corbillard qui passe
Sans faire de bruit sans laisser de trace
Un bébé qui pleure dans la maison d'en face
Quand quelqu'un s'en va un autre prend sa place
Ainsi soit-il
Tel est le nom du film
Alors la caméra zoome arrière
Et tu remontes dans l'hélicoptère.

Claquement des pales. Fin du film. Deux heures de ma journée ont coulé.

* * *

Et puis je danse. Au lieu de me risquer dans la rue avec ma canne d'infirme, je préfère rester seule chez moi, libre de choisir ma pollution sonore et mes musiques préférées, des musiques que mes parents écoutaient en boucle, quand ils étaient encore en bonne santé, avant de tomber malades et d'en mourir, chacun à leur tour. Ils me les ont fait aimer, ces chansons puissantes, elles restent inscrites à jamais dans ma mémoire.

Et je fais le vide dans ma tête, pour ne plus me concentrer que sur le rythme, sur mon corps à faire tourner. Sur tous les bons souvenirs que je garde de mes parents, sur leur amour qui faisait sur moi comme une lumière.

J'ondule et je chante, et c'est bon.

Il fait le vide dans sa tête[19]
Il fait le vide dans son cœur [...]
Oh, comme c'est bon d'oublier
Que tellement de lumière
Ça peut faire mal aux yeux
Et ça fait le vide dans sa tête
Ça fait le vide dans son cœur.

Papa ! Maman ! Je me sens si proche de vous en cet instant qu'il n'y a aucun manque.

* * *

Une semaine sans sucreries et je me sens déjà moins lourde, mon ventre est plus tendu, et surtout plus dur. Je me remets aussi à cuisiner, histoire de me délester des calories sournoisement nichées dans les plats surgelés tout prêts. Je suis tout à fait capable d'éplucher des carottes et d'équeuter les haricots verts, ce qui prend du temps, mais ça, j'en ai à revendre. Au moins je sais ce que je vais manger, je ne m'en remets plus aux caprices de la première boîte de conserve tirée au sort pour choisir ce qui atterrira dans mon assiette.

Ma confiance en moi remonte en flèche. J'invite Lannick et improvise un dîner aux chandelles que je me fais livrer directement du traiteur. Ma main tremble un peu en allumant les bougies, j'ai du mal à ouvrir la flamme du briquet. Mais je tiens à mon ambiance tamisée, qui sait si bien mettre en valeur les contours des visages et allume de si jolis reflets dans les yeux. Je voudrais tellement que Lannick me trouve séduisante. Ce qui est idiot puisque rien ne pourra illuminer mes pupilles mortes. Quant aux iris verts de Lannick, je ne peux que les imaginer, comme je peux inventer son visage et le façonner à mon gré. Ce soir j'ai envie de lui donner le fascinant visage de l'acteur britannique Clive Owen.

* * *

Il arrive, sans bouquet de fleurs à m'offrir. Je ne sais pas si je dois y voir le signe qu'il n'est là qu'en tant que voisin amical qui compte s'en tenir à l'amitié, ou s'il a pensé que je serais capable de jeter les fleurs directement à la poubelle. A moins que ce ne soit une marque de délicatesse : n'offrez pas des fleurs à quelqu'un qui ne pourra pas en profiter.

Je refuse de m'étendre sur les différentes interprétations à son geste. Ce n'est de toute façon pas ce geste-là qui m'importe. Je suis fébrile, j'espère, je voudrais tant qu'il se passe quelque chose ce soir qui colore un peu ma vie.

* * *

Il remarque que j'ai minci.

— Les gens attachent trop d'importance à l'aspect des choses, dit-il. L'apparence compte beaucoup pour eux. Ce n'est pourtant rien d'autre qu'une enveloppe, une coquille derrière laquelle ils se cachent. Moi par exemple, je porte des kilts parce que j'aime avoir les jambes en liberté, je me moque de l'apparence que cela me donne.

— Le premier contact que l'on a avec les gens a pourtant de l'importance.

— Mais toi, justement, qui n'as plus ce contact visuel, n'as-tu pas gagné du détachement par rapport à l'aspect physique des choses ? Ne te sens-tu pas moins influençable ?

Notre conversation semble nous orienter dans la direction que j'attendais. Du physique à l'attirance amoureuse, la déviation est légère, et Lannick me donne l'impression de vouloir me préparer à ne pas accorder trop d'importance aux détails corporels. Est-ce parce qu'il ne se trouve pas beau ? Parce qu'il est bossu ? Ventru ? Plus velu qu'une araignée ? Il sait bien que je n'en éprouverais aucune déception. En tout cas il veut me signifier quelque chose. Puis-je espérer qu'il ait l'intention d'amener notre relation sur un sentier plus sensuel ?

— Tu occupes donc une grande partie de ton temps à faire du sport, si je comprends bien.

— Et ça porte ses fruits, non ?

— Dis-moi franchement ce que tu fais de tes journées, rétorque-t-il avec une sorte de dureté que je ne m'explique pas, mais que je devine grondante sous les sonorités polies de sa voix.

Oh ! Regarder ses yeux, s'y plonger, deviner avant qu'il parle ce qu'il va dire, découvrir le sens caché de ses mots, ses pensées profondes. *Le regard est le miroir de l'âme[20]*. Et moi je suis condamnée à ne deviner que d'après les sons, et je peux me tromper.

— Je lis au réveil quelques pages, mais comme la lecture en braille ne fait pas avancer rapidement l'histoire, je passe vite à une autre, par le biais d'un film en audiodescription, que je visionne en faisant du vélo. Sinon j'écoute beaucoup de musique, je chante, je danse. Qu'est-ce que tu veux savoir d'autre ? m'écrié-je en haussant les épaules. J'essaye de m'en sortir comme je peux.

— Avec des films et de la musique pour seule compagnie ?

Est-ce du mépris qui tremble dans sa voix ? C'est impossible. Je plante mes yeux aveugles en direction de son visage, je mets dedans tout l'amour que j'éprouve pour lui, en sachant bien pourtant que mon adoration restera prisonnière derrière l'écran qui me barricade dans l'obscurité. Il n'y aura pas d'échange, pas de communion entre deux regards qui s'aimantent, et se harponnent, et s'enflamment. Comment puis-je espérer le séduire si je ne peux pas faire passer mon amour de mes yeux à ses yeux ?

— Quand est-ce que tu sors dans la rue, quand est-ce que tu te mêles au monde extérieur ?

— Je n'ai pas envie de sortir. Le monde extérieur est trop laid, il y a trop de bruits que je n'aime pas, trop de gens.

— Les gens te font peur ? Parce que tu penses qu'ils vont te rentrer dedans, malgré ta canne ?

— C'est comme ça qu'on s'est rencontrés. Et je ne le regrette pas.

— Alors de quoi as-tu peur ?

— Je n'ai pas peur, je n'ai pas envie, c'est différent. Je te dis que le monde extérieur est laid.

— Laid en quoi ? Tu ne peux pas le voir.

— C'est exact, je ne peux plus voir les détritus qui traînent par terre, les cigarettes, les poubelles, les papiers collés au sol. Et ça je m'en réjouis ! Comme je me réjouis de ne plus être obligée de supporter les destructions d'anciennes maisons pleines de charme pour empiler à la place des minuscules cubes aux murs gris et aux toits gris, tous identiquement pareils. J'ai assez de gris dans ma vie figure-toi.

Un grand éclat de rire interrompt ma diatribe.

— Tu n'aimes pas l'architecture moderne des banlieues pavillonnaires apparemment. Et je ne te jette pas la pierre. Mais je ne vois pas le rapport avec ton refus de sortir.

— Puisque je ne les vois pas, c'est ce que tu veux dire ?

— J'ai l'impression que tu t'es réfugiée dans ton propre monde, au milieu de ta musique, des histoires que tu écoutes ou que tu suis du doigt, ou dans tes souvenirs. Et que du coup tu occultes complètement le monde extérieur.

— Qu'est-ce que tu entends exactement par monde extérieur ? Je sais ce qui se passe en Chine, en Inde ou en Afrique, j'écoute la radio et pas seulement les radios musicales. Je n'occulte pas les réalités du monde.

— Mais tu te gardes bien d'y mettre les pieds, comme si tu ne voulais pas t'en mêler.

— Tu emploies de ces mots ! De quoi pourrais-je me mêler ? Avant je me mêlais des voyages des gens, je guidais leurs avions, et j'adorais ça. Et maintenant que voudrais-tu que je fasse ? Je ne suis plus bonne à rien ! Que peut-on faire sans ses yeux ?

— Plein de choses, si tu t'en donnais seulement la peine, s'écrie Lannick avec une passion que j'avais senti couver depuis quelques minutes, comme le feu sous la cendre, quand il s'autorise enfin à jaillir avec la violence d'un jet de lave craché. Il y a beaucoup de métiers où les aveugles peuvent trouver leur place, avec des arrangements adaptés. Les progrès techniques et informatiques permettent ce miracle.

— Ils ne permettent en tout cas pas que je contrôle les avions, et c'est la seule chose que je sais faire.

— Tu pourrais devenir professeur, ou boulangère.

— Ou dentiste peut-être ? ironisé-je. Personne ne m'en voudrait si je me trompais de dent.

— Et pourquoi pas ? s'écrie Lannick avec une colère qui commence à me faire peur. Il y a des gestes à apprendre, mais bien sûr il faut faire des efforts, de très gros efforts. Je comprends que tu préfères rester vautrée chez toi devant ta télé ou ta radio, en profitant de ta rente, et en t'imaginant que les quelques efforts que tu fournis pour pédaler et perdre quelques calories sont suffisants. C'est tellement plus facile.

— Tu n'as pas le droit de dire que c'est facile ! Tu ne sais pas le calvaire que je vis.

— Ce que je vois, c'est la façon dont tu crois survivre. Et je ne te parle pas d'argent, je me doute que ta pension n'est pas élevée et que tu te moques d'avoir plus : pour les besoins que tu as ! Je sais que ce dont tu as vraiment besoin, tu ne peux pas l'avoir. Mais ce n'est pas une raison pour rester enfermée dans ta tête comme une pauvre petite vieille. Vis bon sang !

Chapitre 10

Casse ce verre et libère-nous de tous ces maudits préjugés, de cette manie qu'on a de tout expliquer et de ne faire que ce qu'approuvent les autres.

Paulo COELHO

Nous nous sommes quittés fâchés, déçus l'un de l'autre, et bien davantage encore. C'est donc là l'opinion qu'il a de moi ! Une vulgaire profiteuse de pension de guerre, fière de la légère somme mensuelle que lui accorde l'État pour quoi, au fait ? Pour services rendus à la patrie et incapacité chronique de continuer à les rendre ? Cela ne compte pas, madame. Vous n'avez pas d'yeux ? La belle affaire ! Rendez-vous utile, arrêtez de faire du sport dans votre coin. Ouvrez les yeux. Vivez, quoi !

Le mépris craché dans ses dernières paroles me hante plus encore que la colère qui les enveloppait. La colère, on peut s'en accommoder, elle se raisonne à froid, elle passe, elle vient. Mais le mépris ! Je l'ai reçu en plein cœur, dans ma pauvre âme d'amoureuse qui attendait de tendres paroles, et à la place s'est pris un blâme insupportable. Il en a de bonnes : vivre ! Mais comment ?

Je n'ai trouvé qu'un moyen : *vivre ma vie par procuration, devant mon poste de télévision*[21]. Je n'ai pas le choix.

Seule dans mon lit dans mes draps bleus froissés, je revis nos échanges colériques, une fois, deux fois, dix fois, je me les refais en version parodie de La Cigale et La Fourmi[22].

— Que faisiez-vous de vos journées ?
— Je chantais ne vous déplaise.
— Vous chantiez ? J'en suis fort aise. Eh bien travaillez maintenant.

Travaillez.

Vivez.

Moi j'aime chanter. J'en ai besoin pour continuer à vouloir vivre.

Cinq heures du mat j'ai des frissons[23]
Je claque des dents et je monte le son
Seul sur le lit dans mes draps bleus froissés,
C'est l'insomnie, sommeil cassé.

Je perds la tête et mes cigarettes
Sont toutes fumées dans le cendrier.
C'est plein de Kleenex et de bouteilles vides
Je suis tout seul, tout seul, tout seul.
Pendant que Boulogne se désespère,
J'ai de quoi me remplir un dernier verre.
Clac! Fait le verre en tombant sur le lino,
Je me coupe la main en ramassant les morceaux.
Je stérilise, les murs qui dansent,
L'alcool ça grise et ça commence
Yeah, yeah, yeah, yeah,
Font les moutons, sur le parquet.
Et à ce moment-là, qu'est-ce que vous avez fait ?
Je crois que j'ai remis la radio.
Chacun fait, fait, fait
Ce qui lui plaît, plaît, plaît
Le précipice est au bout
Le précipice on s'en fout.
Chacun fait, fait, fait
Ce qui lui plaît, plaît, plaît
Toutes les étoiles qui brillent.
Qu'est-ce qu'elles ont à me dire, les étoiles ?

* * *

Les minutes défilent, et je ne décolère pas. L'enfoiré ! On voit bien que ce n'est pas lui qui a les yeux crevés. Il a beau jeu de dire qu'un aveugle peut devenir professeur comme lui, grâce aux progrès de l'informatique. Il s'illusionne en m'imaginant préparer mes cours grâce à un enregistrement oral qui me ferait répéter mes leçons, au mot près. Et les évaluations ? Comment pourrais-je les corriger ? Lannick n'a pas pensé à ce léger désagrément. Il doit penser que je pourrais avoir recours à l'utilisation de questionnaires à remplir en ligne, qu'un logiciel validerait. Vraiment Lannick, tu trouves ça satisfaisant d'utiliser des questionnaires où les réponses sont calculées fausses dès que l'élève rentre un signe non prévu dans le protocole ? Non, non, tu ne peux pas valider ce système arbitraire. Quant à la discipline, avec un peu de chance, un professeur aveugle sera respecté, c'est ce que tu crois ?

Lannick est un optimiste enfoiré, qui ne s'est jamais mis à ma place, et m'a abandonnée. Je n'ai pas choisi de vivre cette vie.

* * *

Il y a des heures dans mes journées où l'existence me devient insupportable. Quand j'ai bien dansé, bien chanté, bien transpiré en vivant par procuration des morceaux d'aventures racontées par bribe dans mes oreilles, il y a toujours ce moment où je me retrouve seule avec mon ciel de cendres pour tout horizon. La musique s'éteint, la nuit est toujours là et rien ne la fait reculer. On ne peut pas en permanence remplacer la vue par le son.

Il a suffi d'un seul dîner aux chandelles raté avec Lannick pour tuer les progrès que sa présence auprès de moi avait apportés. Je suis de nouveau détruite, comme il a détruit le plaisir que je prenais les matins en me réveillant avant l'aube, que je gardais les yeux fermés, écoutais le chant des oiseaux et me sentais bien. Pendant quelques minutes, je me retrouvais comme avant, dans la peau d'une fille bien voyante. Je redevenais cette fille encore ensommeillée, qui n'avait pas la force d'ouvrir les yeux pour se soustraire au noir de la nuit, mais n'en avait pas peur, puisqu'elle savait que dès qu'elle le déciderait, elle aurait accès à la lumière. Pendant quelques précieux instants, j'étais de nouveau cette fille normale et saine. Et j'étais bien, et je laissais les volutes flûtées des oiseaux envelopper l'air autour de moi, et me bercer.

Lannick m'a appris à distinguer les différents chants, je sais que le premier mâle à proclamer qu'il est réveillé et prêt à défendre son territoire est le rouge-queue noir, suivi quelques minutes plus tard par le rouge-gorge, puis par les merles. Lannick me l'a enseigné. Comme il a proclamé froidement que je suis morte avant d'avoir seulement réussi à vivre.

Le Lannick de mes rêves, sensible et généreux, avec le visage de Clive Owen et un kilt aux genoux, n'existe pas.

* * *

Puis-je reprendre le fil de mon existence quotidienne comme s'il ne s'était rien passé ? Substituer l'image par le son le plus d'heures possibles dans la journée, en prétendant que les activités que je me suis trouvée me suffisent ?

Je vis par procuration à travers les livres que je touche, les films que j'écoute. Les histoires de tous ces personnages fictifs deviennent les miennes pendant quelques instants, parce qu'ils sont riches, sympathiques, physiquement sans reproche ni défaillance, tout simplement normaux, parfois héroïques. Il leur arrive des choses, du bon, du mauvais, mais jamais rien d'irrémédiable. Ils s'en sortent toujours et finissent indemnes et heureux. Et ils tombent amoureux, quand moi j'ai une énorme place à prendre.

Je les envie, je leur pique leur vie, en rêvant comme l'a chanté Brel il y a longtemps :

Être une heure, une heure seulement[24]
Être une heure, une heure quelquefois
Être une heure, rien qu'une heure durant [...]

Et je modifie la fin :
Etre bien voyante, et amoureuse à la fois.

* * *

Pour rencontrer un homme et en faire mon amant, il n'y a pas beaucoup de recettes possibles. Il faut se montrer, draguer, ou dans mon cas, se faire draguer. Je ne suis pas regardante sur la beauté du spécimen, un gros, un blême, un affublé d'un long nez ou d'un rictus difforme, le crâne dégarni, je prends sans hésiter, si lui s'en accommode. J'ai juste besoin d'un homme qui me parle, et me câline, et m'embrasse.

Je m'habille avec goût, enfin il me semble, puisque j'utilise mes vêtements d'avant. J'ai l'impression qu'ils me vont encore et mettent mon corps en valeur. C'est ce que je pensais lorsque je les ai achetés. Pour la coiffure, je suis moins certaine de mes atouts, cheveux détachés, natte lâche, je ne sais plus ce qui m'avantage. Une trace de rouge à lèvres déposée avec mon doigt complète ma tenue d'aguicheuse. Quant à mes yeux, je les laisse dans l'ombre, j'emporte même une paire de lunettes de soleil dissimulatrices : on ne sait jamais sur qui on peut tomber au coin des rues. Je ne veux pas prendre le risque d'étaler en premier mes yeux morts et faire fuir les candidats.

L'air est doux, les oiseaux accompagnent de leurs trilles métalliques le rebond de ma canne sur le sol, jusqu'au portail. Puis c'est le plongeon dans le coupe-gorge de la ville. Le bâton que je promène devant moi et la main que je laisse parfois glisser le long des murs éloignent les obstacles et me garantissent un carcan de sécurité quasi impénétrable. En ce qui concerne l'agression des oreilles, la manœuvre s'annonce beaucoup plus délicate. Dans la cacophonie ambiante, j'ai peur d'une mission estampillée du sigle : mission impossible.

Trop de bruits me percutent. J'ai mal. Il y a les vrombissements des voitures, les cris des enfants en pause récréation qui ne savent pas s'amuser calmement, les cloches de l'église pour annoncer les heures. Un téléphone sonne, puis un deuxième. Une femme décroche et aussitôt raconte sa vie, je n'entends plus qu'elle tellement elle parle fort, avec un torrent de mots qui se bousculent autour d'elle. J'essaye de la mettre de côté, j'entends le miaulement d'un chat en colère, le klaxon d'un cycliste qui roule trop vite, et des voix d'hommes, de femmes, qui se superposent. Une injure jaillit, là, à droite, je la mets de côté, et me concentre sur le bourdonnement qui m'arrive sur la gauche : un trio qui se raconte une anecdote. Je laisse traîner mes oreilles, j'ai envie de savoir de quoi ils causent.

— Il a l'air gentil. Pourquoi est-ce que tu ne lui laisses pas une chance ?

— Ca veut dire quoi : gentil ? Moi je trouve que son sourire sonne faux. Je ne lui fais pas confiance. Je ne vais pas me baser sur des impressions aussi floues pour juger quelqu'un. Tiens, Augustin, bonjour. Comment vas-tu ?

Le trio devient quatuor, et je perds le fil. Sur ma gauche deux femmes s'émerveillent des facéties de leurs enfants qui les font tourner en bourrique mais ne leur donnent pas l'idée de les corriger. Je passe. Plus loin un adolescent, dont j'évalue l'âge grâce à sa voix qui hésite entre plusieurs tonalités, discute avec un copain à coups de vannes pas tellement gentilles. Là encore je fais obstruction, j'avance.

— Quand dois-tu être à Barcelone ?

— J'ai une réunion mardi matin en fin de matinée, il faut que je regarde à quelle heure part le premier avion, s'inquiète l'interlocuteur au moment de me doubler par la droite.

— Il y a un vol pour Barcelone aux alentours de sept heures, lancé-je à la cantonade. Si vous le prenez, vous serez à l'heure à votre réunion.

Vous n'avez pas besoin d'arriver la veille. Monsieur ? Eh ? Monsieur ?

Il ne répond pas, il ne m'a sans doute pas entendue. Avec son compagnon il marche vite et je n'ai pas dû parler suffisamment fort. Les gens en général s'écartent des aveugles qu'ils croisent ou qu'ils doublent, inconsciemment poussés par une forme de pudeur à les éviter, à moins que ce ne soit lié à un élan instinctif de pitié. Ils ne s'attendent pas à ce que l'aveugle en question leur adresse la parole.

Je hausse les épaules, j'aurais pu leur être utile, alors tant pis pour eux. Je me sens vidée tout d'un coup, environnée par tous ces sons qui viennent de trop de directions à la fois. C'est trop d'agressions en même temps, trop de bruits inconnus que je m'efforce de capter sans pouvoir anticiper d'où ils viendront.

Je m'y perds, je me sens dans la peau du condamné aux lions dans l'arène, qui tourne sans arrêt sur lui-même parce qu'il ne sait pas de quels côtés surgiront les fauves. Quand un premier grondement jaillit, il jette un coup d'épée à droite, puis à gauche, il se retourne, il y a un lion derrière lui, il devine qu'un autre va l'attaquer, son corps bouleversé virevolte, encore, il en vient de tous les côtés, c'est trop, il ne peut pas tous les contenir à distance.

Il faut que je m'asseye. Un café. Trouver un bistrot. Où suis-je ?

A trop vouloir écouter les gens vivre, j'ai perdu le fil de ma promenade. Je suis sortie de chez moi et j'ai tourné tout de suite à droite, pour éviter le Beagle des Martin et ses maudits aboiements. Au coin de la rue, j'ai continué à longer le trottoir, je n'ai encore jamais osé traverser la route, malgré les dispositifs de feux sonores qui permettent soi-disant de s'orienter en écoutant le feu. Nellie m'a rappelé à plusieurs reprises que le piéton a, quoi qu'il arrive, la priorité sur la chaussée, et que les conducteurs me céderont le passage à partir du moment où je serai engagée sur le passage piéton. Mais ça, c'est ce que préconise le code de la route, c'est de la théorie fantasmagorique. Qui spécifie aussi que les piétons doivent traverser en tenant compte de la visibilité, de la distance et de la vitesse des véhicules.

Je n'ai pas traversé, j'ai continué à longer le trottoir et à raser les murs. Je n'ai pas marché longtemps, je dois donc me trouver à quelques pas de la pharmacie. Encore une centaine de mètres et je trouverai l'entrée du bar-tabac de la rue des Lilas, qui fait aussi dépôt d'épicerie et vente de journaux.

Je pousse la porte, je m'oriente d'après mes souvenirs. Si je ne me trompe pas, je dois d'abord transiter entre un double rayon où s'entassent les boites de gâteaux et les paquets de nouilles, avant de passer devant un porte-manteau dans une alcôve. Les tables se trouvent juste après, à ma gauche.

Je lance une main devant moi, à la rencontre d'un dossier de chaise, j'y vais à petits pas prudents. Ne pas se prendre les pieds dans un pied de table, éviter de se cogner contre un angle. Voilà j'y suis, mes doigts agrippent un barreau de bois vide. Je demande tout de même si je peux m'installer à cet endroit, sans savoir si je m'adresse à quelqu'un, s'il y a bien une oreille pour m'entendre et me répondre.

J'attends quelques secondes, en espérant qu'une voix virile et chaude va crever le silence et m'inviter à m'asseoir sur cette chaise, à sa table. Si en plus cette voix se pare d'un sourire, je n'hésiterai pas, c'est pour ça que je suis entrée, pour une rencontre, un échange. J'ai besoin de trouver quelqu'un à qui parler.

* * *

A la place des notes masculines dont je rêvais, les sons aigus qui m'arrivent dessus sans crier gare cherchent à savoir ce que je désire consommer. Mon premier réflexe est de répondre crûment : un homme. Comme je ne peux pas deviner l'humeur de la serveuse et sa capacité à apprécier les blagues douteuses, je me contente de commander un expresso.

L'eau chaude pressurisée à neuf bars, catapultée à travers le café torréfié finement moulu, crache sur moi. C'est un hurlement de tempête, un glapissement de femme qui accouche. Et pour finir, une tasse posée à ma portée, dont s'exhale l'arôme floral d'un parfait colombien. Oh ! l'odeur d'un bon café plein de soleil, passé au percolateur, et qui se répand dans mon nez en mille bulles parfumées.

Dans un réflexe absurde, je ferme les yeux pour mieux la savourer, pour faire comme avant. L'instinct du plaisir, forgé par des années d'entraînement, met longtemps à disparaître.

Je me vois attablée dans mon coin contre les murs passés au rouge pâle. Dans mes souvenirs s'invitent des rideaux violets aux fenêtres, assortis aux cadres de peintures bon marché d'esquisses en ombres chinoises. Il y a aussi un canapé d'angle en cuir pour les buveurs qui veulent nonchalamment se vautrer.

* * *

— Antonin ! Tu m'écoutes ?
— Oui, vas-y. Qu'est-ce que tu voulais me dire ?

Première voix jeune, agacée. Réponse hésitante à peine moins mature, après quelques secondes de silence.

Je m'amuse à reconstituer l'histoire du couple installé à la table voisine de la mienne. Je ne peux pas m'en empêcher. Puisque je ne peux rien observer, il faut bien que j'écoute. La fille a dû insister pour que son compagnon lui offre un café, la conversation qu'elle veut avoir avec lui nécessite un endroit neutre, il y a de l'officialisation dans l'air. Je présume que, vu l'âge de leurs voix, ils sont encore loin du mariage. Sans doute souhaite-t-elle qu'ils emménagent ensemble. Il s'agit là d'une demande sérieuse, qui ne se débat pas sur un coin de trottoir ou dans une voiture, et encore moins chez les parents de l'un ou l'autre des protagonistes. Lui a dû sortir son téléphone pour vérifier ses messages, il ne s'attend pas à la demande de sa copine. Ses priorités immédiates ne vont pas plus loin que l'envoi à ses potes d'un commentaire grivois à propos du dernier clip de Rihanna. Il n'a pas pu attendre pour lancer sa blague, il doit être le premier de leur groupe à la placer, avant qu'une autre information propulsée ne rende caduque son intervention. C'est ainsi qu'il vit, en zappant à longueur de journée sur son téléphone, d'un scoop à l'autre, de photos en photos, de smileys en smileys. Les émoticônes s'annoncent plus que pratiques — indispensables

— , pour un gars comme lui, qui multiplie les contacts et ne veut manquer aucune discussion. Sauf celle, bien réelle, qui l'oppose à sa compagne, mais il n'a plus l'habitude de lui assurer la priorité, tout pour lui est important, il n'arrive pas à mettre ses avis de côté, ou tout simplement en attente. La priorité pour lui finalement, c'est son téléphone.

Intéressée par l'évolution de la conversation du jeune couple, je tends l'oreille. Un brouhaha confus rampe en provenance du comptoir, vraisemblablement des habitués du petit verre de blanc du matin qui se saluent et se félicitent d'être là, comme la veille. J'essaye d'en faire abstraction, aidée par la voix de plus en plus agacée de la fille. Sa colère bouillonne non loin de la surface, elle se prépare à jaillir au moindre mot indifférent du garçon. Il va falloir qu'il se montre à la hauteur.

— Marien ! Comment tu vas, vieux ? Ca fait un bail qu'on ne t'a pas vu ! Ca n'a pas l'air d'aller.

— C'est quoi cette tête d'enterrement ? Quelqu'un est mort ?

Les mots cafouillent trop fort du côté du comptoir, ils s'adressent au nouveau venu à la sale tête, mais diffusent si bien jusqu'à moi qu'ils m'empêchent de vérifier ma théorie sur l'histoire des deux jeunes gens. Tant pis, j'abandonne à leur sort mon duo d'handicapés de la communication de face, et me concentre sur ce qui est en train de se passer au bar.

— Christelle m'a quitté, sanglote Marien, elle a pris ses affaires, elle est partie.

Il y a quelque chose d'obscène dans ces mots de désespoir murmurés par cette voix mâle, dont le souffle rauque ne peut qu'émaner d'un torse large au cou de taureau, une armoire à glace. Une force de la nature, qui ne devrait pas se retrouver à pleurnicher dans un bar à onze heures du matin.

— T'es sûr ? Mais pourquoi ? Qu'est-ce qui s'est passé ? demandent les buveurs avec une curiosité rude.

Si j'étais à leur place, je demanderais plutôt ce que Christelle lui a dit au moment de partir. A-t-elle claqué la porte en clamant : adieu, tu ne me verras plus ? Ou a-t-elle noyé la gravité de son départ en avançant la nécessité de faire une pause, et donc la possibilité de revenir ?

— Il ne s'est rien passé. Je comprends pas.

— Il s'est forcément passé quelque chose que t'as pas vu. Elle t'a rien dit ?

— Elle a juste dit qu'elle en avait marre que je sois au chômage et qu'elle s'en allait. C'est pas ma faute si je ne retrouve pas du travail, c'est la faute à ma jambe blessée. Il faut un peu de temps. Et moi je l'aime !

— Ben apparemment, c'était plus son cas.
— Et pourquoi elle m'aimerait plus, hein ?
— Peut-être justement parce qu'il se passe rien chez toi. Peut-être qu'elle t'a trompé avec un autre homme et qu'elle est partie le rejoindre.

Je fronce les oreilles : celui qui vient de débiter ce qui ressemble davantage à une critique vicieuse qu'à une simple tentative d'explication destinée à apaiser, ne joue pas dans la catégorie des amis de Marien.

— Je l'aurais vu si ma femme avait rencontré un autre homme ! proteste le malheureux sans se donner la peine de réfléchir aux implications suggérées par son interlocuteur.

Il ne prend pas le temps de fouiller dans ses souvenirs pour y puiser quelques indices, un ou deux détails peut-être qui le mettraient sur la piste.

Sa femme avait-elle pris l'habitude de s'absenter plus souvent, en prétextant des réunions professionnelles, ou des sorties entre copines ? Il est si facile de duper les bonnes pâtes de l'envergure de Marien, qui se contente de bégayer en répétant sans comprendre qu'il ne s'est rien passé, qu'il l'aime et que ça suffit pour qu'elle reste. Je ne sais pas pourquoi, la détresse de cet homme que j'imagine fort comme un ours bourru, malgré sa jambe blessée, m'émeut profondément, peut-être parce que sa détresse se rapproche de la mienne. Je sais si bien quel effet cela fait d'être abandonné à cause d'une infirmité, ce qui rend totalement impuissant.

— Tu ne vois jamais rien ! Si tu avais trouvé un homme en petite tenue dormant dans ton lit, tu aurais trouvé le moyen de croire que c'était un ami que ta femme hébergeait parce que sa maison avait brûlé.

— Ca signifie quoi au juste ? rétorque Marien d'une voix grondante qui me donne envie de fuir.

Je me lève sans attendre davantage. La situation dégénère, les deux hommes vont en venir aux mains, et affaiblie que je suis par l'impossibilité de voir où la lutte aura lieu et si je risque un coup mal ajusté, je préfère déguerpir au plus vite. J'ai déjà pris le corps de Lannick contre le mien, je ne souhaite pas qu'une autre masse humaine au poids peut-être imposant, me percute à nouveau, et m'écrase.

Je ne suis pas assez rapide. J'entends un grand cri, suivi par un râle oppressant. Des braillements puis le silence, un silence de mauvais augure, qui véhicule je ne sais quoi de terrifiant. Qu'est-ce qui se passe ? Y a-t-il eu une bagarre ? Les deux hommes sont-ils blessés, ou a-t-on réussi à les séparer ? Et ce silence, toujours.

Mes yeux ! J'en ai besoin ! Je dois savoir ce qui se passe. Ce silence est horrible, ce n'est pas un silence de paix, c'est autre chose, c'est malsain, c'est mauvais. Je dois savoir. Il y a le mot voir dans savoir. Sans mes yeux je suis sur la touche, sans rien d'autre que mon imagination qui déborde et m'inspire le pire.

— Personne ne va donc me dire ce qui se passe ? finis-je par hurler, révoltée par mon ignorance imposée, poussée à bout par ma rage d'en être réduite à quémander.

— C'est Louis. Marien s'est jeté sur lui. Il était comme fou. On a voulu intervenir mais on n'a pas eu le temps, raconte le chœur des consommateurs. Louis s'est écroulé. Il ne bouge pas.

— Son cœur ne bat plus ! s'écrie la serveuse.

L'homme a fait un arrêt ! Il faut ranimer au plus vite son muscle cardiaque, sinon les cellules privées d'oxygène vont continuer à mourir et il ne se réveillera jamais.

Je me précipite vers le corps et bute contre une masse étendue au sol. Des bras me retiennent, mais c'est pour m'écarter sans ménagement, telle une intruse qui n'a rien à faire là. C'est bien sûr ce qu'ils pensent, qu'une aveugle ne peut pas aider. Ils ne savent rien.

Je me débats.

— Lâchez-moi imbéciles ! Il faut lui faire un massage cardiaque immédiatement.

— Les secours sont prévenus, ils vont arriver.

— Ce sera trop tard ! Les lésions du cerveau consécutives au manque d'oxygène surviennent dès la première minute. Vous avez envie que votre copain se retrouve dans l'état d'un légume ? Ou pire, qu'il perde la vie ? Une minute de gagné et ça lui donne dix pour cent de chances en plus de rester en vie. Alors poussez-vous et laissez-moi passer.

— On n'a pas de défibrillateur, commente nerveusement la serveuse.

— Je n'en ai pas besoin. Je vais faire moi-même le massage.

— Mais vous êtes aveugle !

— Et alors ? Je n'ai pas besoin de voir, j'ai bien assez de mes mains.

Et sans m'expliquer davantage, je les oblige à me lâcher en battant violemment des bras. Ils capitulent aussitôt et j'en profite pour tomber à genoux. Je rampe à quatre pattes, les doigts en avant, jusqu'à ce que je heurte une masse molle. Vite, je cherche le torse, j'accroche d'abord les jambes, je glisse à gauche, la poitrine est là, je la sens, je déchire la chemise de l'homme afin de mettre son torse à nu. J'écarte avec une fébrilité que je tente de combattre les haillons de tissu, je n'ai pas beaucoup de temps. Vite je place mes mains, l'une sur l'autre, au milieu du thorax, et je comprime verticalement le sternum. Tout mon corps participe à l'effort, mes bras sont tendus à me faire mal et mes mains inlassablement recommencent le massage. Une pression, la poitrine de la victime reprend sa position initiale afin que le sang revienne vers le cœur, une autre pression, soit environ deux par seconde, suivie par l'indispensable relâchement.

Déjà deux minutes. Mes bras s'ankylosent mais continuent comme malgré moi. Jusqu'à l'arrivée des secours, je tiens la vie de cet homme entre mes mains, et je ne l'abandonnerai pas. L'adrénaline me monte à la tête, je n'ai plus peur, je ne pense à rien d'autre qu'à compter les secondes et les compressions, comme on me l'a appris.

* * *

— Vous l'avez sauvé ! me félicite la serveuse une fois que les secours ont pris le relais et embarqué la victime à l'hôpital.

Je sens dans sa voix de la surprise, de la joie, et aussi quelque chose de pétillant qui ressemble à de l'émerveillement.

— C'est incroyable ! Comment avez-vous fait ?

— J'ai suivi une formation des gestes de premiers secours il y a quelques années. Le massage cardiaque est un des éléments essentiels de l'apprentissage et se fait sur des mannequins spécifiques. Ce sont des gestes qu'on n'oublie pas, je crois, même si on ne pratique pas sur des victimes humaines. Ils permettent de retarder la détérioration des fonctions vitales et des lésions dans le cerveau, alors on se bat pour que ça fonctionne.

Je m'interromps le temps d'une légère hésitation, le temps d'un soupir, d'un retour en arrière éclair.

— Mon père est mort d'une crise cardiaque, révélé-je avec des larmes dans la voix. Alors cette formation, je l'ai faite en souvenir de lui, avec l'idée que je pourrai peut-être un jour aider quelqu'un. Lui, il n'a eu personne. Quand les secours sont arrivés, il était trop tard.

Mon pauvre père. Il s'est écroulé dans sa chambre d'hôtel à l'issue d'un long vol par-dessus les territoires immenses de l'Amérique. Il était fatigué, usé par des heures de combat pour mener l'avion à destination à travers des orages gros comme des montagnes. Le copilote n'avait pas été tendre avec lui dans son rapport, il avait précisé qu'il avait délibérément longé de près certaines cellules particulièrement menaçantes, qu'il avait pris le risque de ne pas se rallonger en les évitant de loin, par peur de manquer de carburant en cas d'attente à l'arrivée. Le temps s'était brusquement éclairci et avait effacé les vents cisaillés que mon père redoutait pour la phase critique de l'atterrissage. C'était les aléas de la nature, les aléas de la vie.

Rongé peut-être par les risques qu'il avait estimé devoir prendre et qui ne s'étaient par la suite pas révélés nécessaires, par la désapprobation de son copilote, il s'était enfermé dans sa chambre d'hôtel pour laisser libre cours aux battements effrénés de son cœur. Car au final, c'était bien d'une maladie de cœur qu'il était mort. Qu'il ait eu des raisons d'être contrarié, angoissé, aigri peut-être, n'occultait pas le fait que son muscle cardiaque s'était affaibli à son insu, pour finir foudroyé dans cette chambre d'hôtel, à l'autre bout de l'Amérique.

Je venais de passer mes examens quand la nouvelle m'avait à mon tour fauchée. Je n'avais pas vu son corps écroulé dans ce qui devait rester sa dernière attitude, au milieu des murs incolores d'une pièce qui n'était qu'un lieu de passage. Mon père, si beau, si fier dans son uniforme de commandant de bord, ne pouvait pas s'incarner dans le corps de ce cadavre immobile aux traits douloureusement contractés, d'une rigidité sévère qui défiait tout ce qu'il était : un homme amoureux de la liberté, amoureux du ciel, des levers et des couchers de soleil, qui savaient si bien le faire sourire. Un homme en train de rire comme un gamin, assis dans un cockpit, des étincelles de joie dans ses yeux impatients de flirter avec les nuages, voilà l'image que je garde de mon père par-dessus toutes les autres. Je sais que peu de temps avant sa mort, il était heureux.

La serveuse ne semble pas sensible à mon émoi, il ne doit pas si bien pointer que ça dans ma voix devenue lointaine, à l'affût des souvenirs. Elle s'exclame :

— Vous dites avoir suivi cette formation aux premiers secours il y a des années. C'était donc avant votre accident.

Je me permets un sourire, il n'est pas totalement épanoui car il m'est douloureux de constater que, parce que je suis aveugle, les gens ne me font pas confiance. D'un autre côté, je suis tellement heureuse d'avoir sauvé la vie de ce type que je ne lui tiens pas rigueur de ses préjugés. Elle ne sait pas ce que c'est, elle n'a aucune idée de ce que je suis capable de faire sans mes yeux. Je n'en ai pas une idée complète non plus.

Brutalement je repense à Lannick qui l'autre soir me disait que je pouvais devenir professeur, grâce aux progrès de la technique informatique. Il m'avait aussi suggéré la boulangerie, ce qui m'avait poussée à ironiser parce que je ne m'imaginais pas effectuant des tâches manuelles sans pouvoir voir. Je me trompais. L'instinct des gestes mille fois répétés possède la force de déplacer des montagnes. Quant aux mains, elles portent en elle une énergie qui leur est propre et n'a pas besoin d'accompagnateur visuel, elles peuvent malaxer, étaler, couper, s'emparer d'objets à condition de connaître leur position, elles peuvent comprimer, masser, réparer. Sauver des vies.

Est-ce la leçon que Lannick cherchait à me faire comprendre en utilisant ses mots à lui, que je n'ai pas su déchiffrer ? Peut-être ne voulait-il pas me blesser, mais plutôt me montrer une voie vers une certaine forme d'épanouissement et de réalisation de soi. M'encourager à m'y engager en me poussant à bout.

Papa ? Est-ce que c'est aussi le conseil que tu me donnerais, par-delà les nuages avec lesquels tu voles désormais ?

Chapitre 11

L'aveugle vous regarde de toutes ses oreilles.

Gilbert CESBRON

Je me fais offrir plusieurs verres de vin par Marien, que je devine à la fois admiratif et confus du drame qu'il a failli causer. A ses paroles décousues qui reflètent encore sa peur, je finis par comprendre qu'il n'a pas frappé Louis, qu'il s'est simplement avancé avec dans les yeux une lueur si sauvage qu'elle devait évoquer la haine instinctive des bêtes qui ne se contrôlent plus. Louis s'était attaqué à son honneur pour médire et dénigrer, il carburait à l'ironie facile, il s'est trouvé brutalement face à un animal déchaîné qui semblait prêt à tout. Son cœur de faible, plus apte à critiquer et à soulever des conflits qu'à se défendre, a pris la fuite et arrêté de battre.

L'émoi de Marien m'intéresse et me trouble, j'ai envie d'en apprendre davantage sur lui, je ne peux pas me retenir de lui poser des questions. Comment s'est-il blessé à la jambe ? Comment sa compagne a-t-elle réagi à son accident ? Comment depuis se débrouille-t-il avec son handicap ? Quel effet cela fait-il d'être licencié par son patron, à cause d'une faute accidentelle qui n'est pas vraiment la sienne mais celle de la mauvaise chance ?

Sa dégringolade d'un échafaudage de plusieurs mètres de haut aurait pu le tuer. Il pleuvait, les planches glissaient mais il fallait terminer de poser les tuiles au plus vite. Il avait dérapé, n'avait pas pu se rattraper et avait plongé dans le vide. Sa jambe s'était empalée sur les outils stockés en bas, il avait fallu l'opérer, réparer le maximum de dégâts. Mais les dommages étaient trop nombreux et trop profonds pour que sa jambe retrouve sa mobilité et sa souplesse, la réparation n'avait été que partielle, et il avait perdu son travail. Pour courir sur les toits et les couvrir en un temps record, les patrons aux emplois du temps toujours serrés, ne veulent pas employer des handicapés.

— Je cherche à me faire embaucher comme maçon, ou comme carreleur. Ce qui me ferait rester au niveau du sol.

— Vous voulez rester dans le bâtiment ?

— Je ne sais rien faire d'autre, soupire Marien. Je suis un manuel, j'ai quitté l'école à seize ans pour faire un CAP couvreur. J'aime travailler dehors, à l'air libre, sous le ciel bleu de préférence, ajoute-t-il avec dans la voix quelque chose qui ressemble à du regret.

Je devine qu'il pense à ce fameux jour où il a glissé sur une planche trempée de pluie, comme moi je n'arrive pas à oublier que c'est aussi par un soir mouillé, noir et menaçant, que j'ai dérapé sur une route à la rencontre de l'arbre qui m'était destiné. Nos deux mésaventures se relient par cette pluie maudite, la faute à pas de chance pourrait-on dire, et par le traumatisme qui nous est tombé dessus. Sa détresse rejoint la mienne, quelque part elles sont sœurs, des compagnes d'infortune, et elles se tiennent la main.

Il dépose quand même une parole qui me touche et en même temps nous sépare, car elle me donne la primeur dans la misère de nos deux infirmités, et je ne peux me retenir de penser qu'il faut bien que cette différence soit dite.

— Quand je vois comment vous avez réagi avec Louis, avec une précision et une rapidité que je n'aurais pas cru possible de la part d'une personne non voyante, j'ai envie de me faire tout petit tellement je vous admire. Vous avez surmonté votre handicap avec une force qui me fait me sentir ridicule en comparaison.

— Je ne suis pas sûre qu'on puisse dire que j'ai surmonté mon handicap.

— Oh si ! Vous avez agi avec Louis comme s'il n'existait pas. Alors que ce doit être affreux de ne plus voir. Je ne peux rien imaginer de pire. En comparaison je me dis que je ne suis pas si à plaindre.

Un instant heurtée par la façon dont il a parlé de ma cécité, réduite à ses yeux à un simple handicap physique, comme si elle ne remettait pas en cause tous les repères et les points d'ancrage d'une vie, je me radoucis. Nous sommes malgré tout compagnons d'infortune, chacun à notre niveau, ce qui me le rend attachant. Mais il y a plus. Ma curiosité à son égard va bien au-delà du besoin naturel qu'éprouvent les personnes souffrant d'un malheur proche, puisé dans une misère commune, à se regrouper, pour justement évoquer ces malheurs et peut-être les dépasser. Si Marien et moi échangeons comme peuvent échanger deux paumés au sein de l'organisation des Alcooliques Anonymes, il y a de mon côté une volonté profonde de prolonger l'histoire qu'il me raconte.

Mes questions ne s'adressent pas uniquement à une victime d'un traumatisme comme moi, poussées par un désir d'entraide, ou de partage, elles s'adressent aux gens en général, ceux que je ne connais pas et dont j'ai envie de découvrir quelques pans de vie. J'en suis friande, comme d'une gourmandise adorée dont on ne peut pas se passer. Ces pans de vie alimentent mon imagination, ils la remplissent, la nourrissent et l'ouvrent à l'élaboration d'histoires à base des détails que j'ai glanés. Ces histoires à leur tour me nourrissent, comme le faisaient celles que je dévorais sur les pages des livres que je lisais et que je ne lis plus. Comme si ma curiosité témoignait d'une espèce de prise de conscience que je ne peux plus me contenter de vivre en autarcie, comatant dans une passivité pitoyable où seules les aventures de héros inventées par d'autres arrivent à me toucher. Je dois m'ouvrir aux autres, ceux de l'extérieur, ceux de ma ville, et devenir active en allant à leur rencontre et en m'intéressant à eux, comme j'ai commencé à le faire avec le jeune couple au téléphone. Je ne veux pas seulement d'une vie où je n'aurai pas besoin d'une canne pour avancer, ou d'yeux pour travailler, je n'aurai de toute façon pas cette vie-là.

* * *

— Je t'ai regardée tout à l'heure quand tu faisais le massage cardiaque à Louis, s'émerveille Marien. Toute ton énergie passait dans tes mains. Tu semblais focalisée sur son cœur à réveiller, tu comptais les temps de compression, de relâchement, tu écoutais la réponse, comme si tu cherchais à entendre à quel moment le sang reviendrait se faire pomper. C'était incroyable. J'avais l'impression de voir un vrai professionnel à l'œuvre.

— Avec un petit quelque chose en moins quand même, protesté-je en faisant allusion à mon manque de savoir-faire et surtout à ma vision nulle dont j'avais prétendu n'avoir pas besoin, dans l'urgence, mais qui aurait pu poser problème.

— Non, je ne crois pas. J'avais l'impression que tu faisais de ta cécité un atout.

— Un atout ? Tu y vas fort.

— Si, je t'assure ! Comment te dire ? De ne pas voir t'obligeait à mieux entendre, et c'est de ça dont tu avais besoin : d'écouter les mouvements de son sang. Ca se passait à l'intérieur de son corps, tu n'aurais donc pas pu les voir, aveugle ou non.

Je fixe une image que je m'invente, celle du visage de Marien telle que je me l'imagine : un visage rond, buriné d'avoir travaillé dehors sous tous les climats, des yeux doux pouvant virer à la férocité d'un chien, un front buté sous lequel sommeillent les pensées de ceux qui ne parlent pas beaucoup mais quand ils s'en donnent la peine, savent se montrer éloquents. Derrière ses habitudes d'homme manuel, les réflexions de

Marien façonnent un homme qui prend le temps d'observer, et en tire des conclusions surprenantes, optimistes et naïves sans doute, mais auxquelles on a envie de croire. A sa manière, il me montre la façon dont je dois traiter ma cécité : il me suggère de la considérer comme un simple handicap, et peut-être même comme un atout.

* * *

Je ne me cache pas que j'ai aimé la sensation d'urgence qui m'a assaillie lorsque le cœur de Louis s'est arrêté et qu'un massage cardiaque immédiat s'imposait comme sa meilleure option de survie. La bouche pleine encore de ce vin fruité que Marien s'obstine à m'offrir en guise de remerciements, je me repais des gestes que j'ai faits pour limiter les dégâts au maximum. L'adrénaline qui m'a soutenue dans mon effort me rappelle les poussées auxquelles je devais faire face dans mon métier de contrôleur, quand les avions se multipliaient au même rythme que les points de conflit potentiels. Ce regain d'énergie me stimulait, et c'était fort, c'était bon. Avec cette crise cardiaque à gérer, je me suis sentie utile, même si finalement, je n'ai fait que réagir en fonction de gestes qu'on m'avait appris. Comme quand j'étais aiguilleur du ciel.

Est-ce que les réponses peuvent devenir aussi simples ?

J'étais là, j'ai sauvé cet homme, et ma cécité ne m'a pas empêché de le faire. Je ne veux que retenir cette sensation fragile, sans oser m'aventurer plus loin et crier victoire : malgré les protestations de Marien, mon infirmité ne sera jamais un atout, j'en souffre trop pour qu'elle puisse être compensée totalement puis remplacée par d'autres sens, en mieux. Mais un espoir est né et je ne dois pas le lâcher.

* * *

C'est avec Lannick que je veux partager ce nouvel espoir, car c'est en partie à cause de lui que j'en suis arrivée là, dans ce bar, à mettre enfin en pratique ce qui sommeillait en moi depuis des mois. Je dois surtout m'excuser de ma réaction d'alors, complètement disproportionnée, quand il ne voulait que m'encourager. Il me fallait du temps pour le comprendre.

Je lui dirai que la diplomatie n'est pas son fort et qu'il y avait peut-être une meilleure manière de s'y prendre pour me faire accepter la vérité.

Ou alors, je ne lui dirai rien. Je me contenterai de lui sauter dessus et de l'embrasser à pleine bouche, puisque de toute façon je ne pourrai pas, en le regardant, deviner les pensées qui le traverseront lorsqu'il ouvrira sa porte. Autant dans ces conditions prendre les devants sans se poser de questions inutiles. Je n'aurai même pas à me demander si j'apprécierai mieux son baiser les yeux fermés ou ouverts. Je pourrai me laisser complètement aller.

* * *

Les six coups de gong qu'égraine ma pendule au salon me signalent que l'heure que je m'étais fixée comme convenable pour une visite chez mon professeur de voisin se lève enfin. Tout l'après-midi j'ai comaté dans un fauteuil, sans impatience puisque je rêvais à nos retrouvailles. Je ne pensais à rien d'autre qu'à sa surprise heureuse lorsqu'il m'apercevrait sur le pas de sa porte et que je me jetterais dans ses bras. Nous n'échangerions pas un mot, l'heure avait passé des paroles qui fâchent parce qu'on les comprend de travers. Le temps des corps qui se fondent l'un dans l'autre et ne font plus qu'un était venu.

Comment se moulerait le sien autour du mien ? En m'appuyant sur son indice corporel en léger surpoids, j'imagine un torse moelleux, bien rembourré au niveau du ventre, pour des étreintes élastiques. Benoît avait le corps musclé d'un alpiniste, noueux et dur, sans rien à quoi se raccrocher. Je veux un homme mou, pour m'y blottir et m'y sentir enveloppée, en sécurité. Un homme mou portant un kilt et rien en dessous, et qui me caressera partout et me fera vibrer. Voilà à quoi je rêve durant des heures tout en cuvant l'alcool des verres de blanc du matin.

* * *

Six heures cinq. Je sors dans le jardin, je n'éprouve aucune fébrilité, aucun doute, je suis encore dans mon rêve puisque je ne peux rien voir d'autre. J'entends sa voix qui s'active de l'autre côté de la haie qui sépare nos deux potagers. A qui parle-t-il ? J'espère que l'intrus se trouve tranquillement à l'autre bout de la ville, pendu à son téléphone, et qu'il va bientôt raccrocher.

— Oh la la, dans quel état tu as mis ton pantalon ! s'écrie Lannick en hoquetant soudain de rire.

— C'est toi et ton maudit jardin qui m'ont mise dans cet état. Tu permets que j'utilise ta salle de bains ?

— Bien sûr Morgane. Je vais te sortir une serviette propre.

— Merci. Tu es un amour.

* * *

Je ne me rappelle pas être rentrée chez moi. J'ai reculé sans doute, lentement, comme un automate, avec au ventre l'impression que chacun de mes pas, au lieu de m'éloigner de ces deux rires complices, me les rendait de plus en plus proches, jusqu'à ce qu'ils me dévorent, et m'étouffent. Qu'espérer désormais face à la révélation qui vient de me frapper plus sûrement qu'un coup de poing ? La scène d'amour que j'avais si bien rêvée se transforme en un nouveau duo dont je ne fais pas partie, remplacée par une autre : Morgane, si transpirante et ébouriffée de ses ébats sur l'herbe douce du jardin, qu'elle a éprouvé le besoin de s'en laver.

Je rentre anéantie. J'aurais dû retourner au café de la rue des Lilas et m'y réfugier auprès de la serveuse, de Marien s'il s'y trouvait encore, et de tous ceux qui auraient bien voulu contempler ma peine. Mais je me cloître chez moi, je n'ai pas suffisamment confiance dans les autres. Puisqu'une inconnue au prénom de magicienne est entrée dans la vie de Lannick sans que j'en sache rien. Elle a profité de mes atermoiements pour prendre la place dans le cœur du professeur, dans son jardin et dans sa salle de bains. Et à moi, qu'est-ce qui reste ? J'ai tout inventé de notre improbable histoire, elle n'a existé que dans mes fantasmes, sans que j'arrive à comprendre à quel moment je me suis trompée.

Ma première erreur, si je puis dire, même si elle ne m'est pas imputable, est de ne pas avoir su si Lannick portait une bague au doigt. Comment l'aurais-je pu ? J'aurais dû demander peut-être. Et surtout admettre que je n'étais pas assez bien pour lui. Pensez : une aveugle ! Qu'est-ce qu'on fait d'une aveugle ? Comment se laisse-t-on séduire ? Morgane n'avait plus qu'à passer et le harponner en lui adressant un clin d'œil langoureux. C'est par le regard que le courant passe entre deux êtres. J'ai commis une erreur en m'imaginant que ce courant peut aussi traverser le bras, ou la main. J'ai tout inventé.

Je m'écroule sur mon lit et me roule en boule dans la douceur moelleuse de la couette. Alors que je rêvais de me blottir contre le moelleux d'un ventre d'homme. J'essaye de dormir, mais il n'est pas aussi facile de plonger dans le sommeil que dans le désespoir. L'un est l'ennemi de l'autre, alors j'attends, sans rien espérer, sans rien oser rêver.

Quelque chose cogne contre la porte d'entrée. Une voix crie :

— Clara ! Tu es là ?

Roselyne. Que fait-elle là à sept heures du soir ? J'hésite. Dois-je me lever, ou faire celle qui n'a rien entendu ? Le silence de ma chambre, désormais vide d'espoirs, me devient tout à coup insupportable, alors je me dirige vers cette présence qui est venue jusqu'à moi, comme si elle avait senti que j'avais besoin d'elle. J'essaye de ne pas prendre trop de temps pour aller lui ouvrir. Pourvu qu'elle ait eu la patience d'attendre.

Elle est là, elle sait que je ne peux pas marcher vite.

— Clara, tu sais que tu es devenue une héroïne ? s'exclame-t-elle dès que je lui ouvre la porte.

Son exubérance me fait sourire, un sourire sans doute un peu trouble, un peu flottant, qui l'étonne.

— Tu ne me crois pas ?

— Ce n'est pas du tout ce que je pensais, murmuré-je en réponse à son enthousiasme trop envahissant.

— Quoi ? D'être une héroïne ? Tu te rends compte, tu vas devenir célèbre. Tu vas passer à la radio, dans le journal. J'imagine déjà les gros titres.

— « Une aveugle sauve la vie d'un inconnu ». Tu parles !

— Clara, qu'est-ce qui se passe ? Tu n'es donc pas fière de ce que tu as fait ?

— Ce n'est quand même pas l'exploit du siècle. Je l'ai fait parce que j'étais capable de le faire, c'est tout.

— C'est ça être une héroïne : faire ce qu'il y a à faire au bon moment, quand personne d'autre n'est capable d'agir à ta place. Pourquoi est-ce que tu réagis comme si ça n'avait pas d'importance ?

Je hausse les épaules, trop lasse pour expliquer le flot d'émotions qui me submergent et que je ne suis pas sûre de comprendre.

— Tu n'as pas envie d'être interviewée ? D'enfiler le costume d'une vedette et recevoir des milliers de félicitations de personnes que tu ne connais même pas ?

— Justement qu'ai-je à faire de félicitations de la part d'inconnus qui ne me sont rien ?

— Oh, Clara, si tu essayais de ne pas toujours tout ramener à ta cécité pour changer.

— Tu exagères ! C'est justement parce que j'ai voulu en faire abstraction que j'ai réussi à sauver le type à la crise cardiaque. Sinon, je serais restée blottie dans mon coin, et je ne serais pas intervenue.

Comment faire comprendre à Roselyne que, depuis ce matin, j'ai l'impression qu'un fossé s'est creusé, que je ne peux pas combler, en tout cas pas à coups de récompenses ou de félicitations provisoires ? Qu'est-ce qu'une action isolée, au milieu d'une forêt qui en cache la portée réelle ? C'est contre tous ces obstacles que je bute, malgré mon envie de m'en sortir. Une seule action ne suffit pas, il en faudrait des dizaines, des centaines, pour que je reprenne confiance et retrouve l'envie.

Des mots qui ne sont pas les miens me sautent à la gorge, ils bruissent dans ma tête, se télescopent, et crient, et pleurent :

Qu'on me donne l'obscurité puis la lumière[25]
Qu'on me donne la faim, la soif puis un festin
Qu'on m'enlève ce qui est vain et secondaire
Que je retrouve le prix de la vie, enfin
Qu'on me donne la peine pour que j'aime dormir
Qu'on me donne le froid pour que j'aime la flamme
Pour que j'aime ma terre qu'on me donne l'exil
Et qu'on m'enferme un an pour rêver à des femmes
On m'a trop donné bien avant l'envie
J'ai oublié les rêves et les merci
Toutes ces choses qui avaient un prix
Qui font l'envie de vivre et le désir
Et le plaisir aussi
Qu'on me donne l'envie
L'envie d'avoir envie
Et qu'on allume ma vie
Qu'on me donne la haine pour que j'aime l'amour

La solitude aussi pour que j'aime les gens
Pour que j'aime le silence qu'on me fasse des discours
Et toucher la misère pour respecter l'argent
Pour que j'aime être sain, vaincre la maladie
Qu'on me donne la nuit pour que j'aime le jour
Qu'on me donne le jour pour que j'aime la nuit
Pour que j'aime aujourd'hui oublier les "toujours"
Qu'on me donne l'envie
L'envie d'avoir envie
Et qu'on rallume ma vie.

* * *

— Tu devrais continuer dans cette voie, réplique Roselyne.
— Quelle voie ?
— Aider les gens. Les soigner. Oui, je sais, tu vas te recroqueviller dans ta coquille et me rappeler que tu es aveugle. Mais ce type, tu l'as quand même sauvé. Et en dépit de ce que tu penses, c'est à mon tour de te rappeler qu'en médecine, il y a beaucoup de signaux vitaux qui ne sont accessibles que par les sons. L'écoute des bruits du corps est primordiale.
— Avoir un stéthoscope ne suffit pas.

— Pour écouter les battements du cœur et les murmures respiratoires : si. Il donne de nombreuses informations sur l'état de santé d'une personne.

— Mais qui ne suffisent pas. Il faut les compléter par des examens visuels, et ça, je ne pourrai jamais le faire.

Qu'est-ce qui la pousse à insister lourdement sur les mérites de l'auscultation des corps ? Qu'est-ce qu'elle s'imagine ? Que je vais me lancer dans l'étude de la médecine et devenir chirurgien, sous le prétexte qu'après tout, au milieu des litres de sang qui bouillonnent lors d'une opération, je n'aurai pas besoin de voir, mais simplement de sentir ? Je pourrai y aller en aveugle ! Est-ce vraiment ce qu'elle croit ?

— Avec Benoît, on pense que tu devrais réfléchir sur une reconversion dans un laboratoire médical.

— Avec Benoît dis-tu ? Tu l'as donc vu récemment ?

Un silence me répond, deux secondes, pas plus, avant que Roselyne ne réplique. Mais ce silence est de trop, il n'a pas lieu d'être, sauf si elle hésite à me confier quelque chose. Car il y a quelque chose, forcément. Avec ma vue en moins, j'entends mieux, ma sensibilité aux intonations, aux petits détails qui émaillent une conversation, s'est renforcée.

— On a grimpé ensemble le week-end dernier, dit-elle. Tu n'as pas de nouvelles de lui ?

Elle répond succinctement, d'une voix qui me paraît assourdie, comme essoufflée, comme si elle avait bataillé pour s'enfuir d'un endroit d'où elle n'aurait pas dû sortir. Et cette question qu'elle s'empresse d'ajouter ! Il y a quelque chose !

Ils se sont mis ensemble ! C'est ça, bien sûr. Cette certitude d'une idylle entre eux me renverse avec la force d'un raz-de-marée, je n'éprouve aucun doute, aucune tristesse non plus.

— Pourquoi ne m'avoues-tu pas que tu sors avec Benoît ?

Un nouveau silence me répond, bien plus éloquent que n'importe quelle protestation. J'imagine Roselyne désolée, le visage affolé à l'idée de m'avoir trahie, et de me faire du mal.

— Tu ne m'as pas trompée, tu m'as remplacée une fois que c'était fini entre Benoît et moi, ce n'est pas la même chose.

— Je ne voulais pas que tu l'apprennes, pas comme ça, se lamente Roselyne, en s'imaginant que je lui en veux.

Je n'ai pas cette force. Je n'éprouve plus de haine, juste un léger sursaut de méchanceté, que je laisse couler, avant d'oublier Benoît et tout ce que nous avons partagé, avant, avant mon accident, avant que la lâcheté ne l'écrase et qu'il m'abandonne. Maintenant, il peut coucher avec qui il veut, je m'en fous.

— Est-ce qu'il fait toujours l'amour comme une bête sauvage ?

* * *

Roselyne est partie retrouver Benoît, pour une partie de sexe torride, c'est du moins ce que je crois. Lannick, quant à lui, fait l'amour avec Morgane dans la salle de bains. Ca aussi c'est ce que j'imagine. Il y a dans les deux cas des corps qui s'empoignent, et s'embrasent, et jouissent, dans la fougue ou la tendresse.

Quand est-ce que je vais arrêter de me raconter des histoires, les histoires de ceux qui n'ont pas d'avenir ? De répéter en boucle des mots issus de chansons qui ne sont pas les miennes ?

Qu'on me donne l'envie
L'envie d'avoir envie
Et qu'on rallume ma vie.

J'ai mal dans le noir, et j'ai peur.
Peur de rêver puisque je me trompe.
Peur d'être une héroïne d'un jour, et que cet acte reste sans suite.
Peur d'en mourir.

* * *

Est-ce qu'on peut mourir d'avoir perdu sa confiance en soi ? Est-ce qu'on peut la récupérer, quand on a perdu ses yeux et donc sa capacité à voir ? Il y a tellement de mots qui se basent sur cette toute petite racine de quatre lettres, et dont le sens parle de ce qu'on touche, ou non, du regard, et de ses conséquences. Voir est donc savoir, percevoir ou recevoir, comme ne pas voir peut décevoir. Il est le latin ve*re* qui signifie *en vérité*. Parmi ses ancêtres on trouve aussi le verbe *videre*, d'où sont issus un certain nombre de mots portant le radical -vid- : vidéo, providence, évidence.

L'évidence de la médecine justement, c'est qu'on dit qu'un médecin voit un malade, ce qui signifie qu'il va en prendre soin et le traiter. Ou inversement, un patient qui doit consulter dit qu'il va voir un médecin.

Où suis-je, moi, dans cette réalité ? Quelle place puis-je espérer prendre, alors que je n'ai même pas su en attraper ne serait-ce qu'une parcelle, dans la vie de Lannick ?

Encore lui. Stop ! C'est fini, je ne veux plus y penser, je dois me concentrer sur la médecine, c'est elle qui m'intéresse.

Je saurais utiliser un stéthoscope afin d'écouter les battements cardiaques, le murmure respiratoire, les bruits abdominaux ou fœtaux, je pourrais aussi prendre la tension artérielle. Mais après ? Qu'est-ce que je pourrais faire de plus ? Pourrais-je sauver d'autres personnes comme j'ai fait ce matin avec Louis ? Ce sauvetage était bon, il m'a sauvée à mon tour, j'ai besoin d'en faire d'autres, je ne peux pas m'arrêter là et me contenter de rêver à des histoires d'autant plus inutiles qu'elles peuvent se fourvoyer.

Travailler dans la santé, ça c'est un défi ! Je ne vais pas continuer à pleurer sur Lannick et sa Morgane inconnue, sur ma solitude, sur mon ciel désespérément vide et gris. Je dois le remplir de cœurs battants, de sang galopant dans les veines.

Roselyne a évoqué une reconversion possible dans un laboratoire d'analyses médicales. Mais oui, c'est ça, je peux apprendre à faire des prises de sang. Il n'y a pas besoin de voir pour piquer une veine. Il suffit de la sentir au creux du bras, d'en toucher le gonflement noueux ou souple, et d'enfoncer l'aiguille. Si on me dispose sur une table, dans un ordre pré-établi, toujours le même, les tubes de verre et tous les instruments dont je pourrai avoir besoin, je saurai le faire.

Le sang est l'eau de vie du corps. Lannick le comparerait aux canaux d'irrigation indispensables à la bonne santé des jardins. Il dirait qu'il faut toujours en avoir à disposition. Il sait, lui, le professeur, le jardinier, à quel point le liquide précieux est vital. Il me dirait qu'il serait prêt à donner une partie de son sang pour sauver un de ses élèves, comme je pourrais donner quelques litres de mon sang d'aveugle. Les petites cellules rouges porteuses d'oxygène et de vie ne se posent pas de questions sur la cécité, elles s'en fichent, pourvu qu'elles soient suffisamment nombreuses.

Le sang. La vie. Donner son sang. Donner la vie.

* * *

Ce n'est qu'aux premières lueurs de ce que je suppose être une aube mouillée, en regard du clapotement que je perçois contre les vitres, que l'idée percute ma conscience. Malmenée pendant des heures par toutes ces questions d'éthique qui reposent avant tout sur mon besoin d'utilité, elle se réveille en sursaut, et me crie : collecte de sang, transfusion, manque d'effectifs, EFS.

L'autosuffisance nationale en produits sanguins est « la » mission de l'EFS. Développer la collecte au plus près des donneurs, gérer avec rigueur les réserves de produits sanguins, qui ont une durée de vie limitée, transfuser juste et mieux, et approvisionner au plus vite en sang et en plasma les établissements de santé, tel est le choix de société de l'EFS.

Et si j'en faisais aussi mon choix ?

J'en suis arrivée à l'un de ces moments dans la vie où l'on ne peut plus se contenter d'attendre. Des décisions s'imposent, pour que certains choix deviennent accessibles.

Chapitre 12

*Ecouter, c'est encore voir un peu
pour l'aveugle.*

Paul ROUGIER

Je me suis mise en couple avec Marien, pour ne plus être seule, pour ne plus fantasmer sur ce que je ne pourrai pas avoir. Pour avoir quelqu'un à aimer. Auprès de qui dormir. C'est la nuit surtout que je lui suis reconnaissante d'avoir emménagé dans ma maison. Ecouter le chant de son souffle juste à côté de moi me rassure, la nuit recule en laissant de côté les angoisses qui souvent m'assaillent, lorsque je me réveille en sursaut d'un cauchemar, et que je me heurte à cette obscurité immuable. J'entends la respiration de Marien, qui me susurre que je ne suis pas seule dans le noir, et mon cœur affolé retrouve peu à peu un rythme acceptable.

C'est lui qui a proposé de s'installer chez moi, par commodité, j'ose espérer que sa décision reflète surtout son souci de me laisser dans un endroit que je connais si bien que j'en maîtrise les moindres recoins. Je ne lui pose plus beaucoup de questions, et lui ne se livre pas, il garde un côté solitaire que je ne comprends pas. Je réserve ma curiosité pour les autres, ceux dont je peux imaginer les histoires en fonction de ce que j'ai perçu dans leurs réponses et dans les fêlures de leurs voix. Mon histoire avec Marien n'est plus à inventer.

Notre infirmité nous a rapprochés et en même temps éloignés. Il a monté sa propre entreprise de maçonnerie, ce dont il est fier, il a embauché deux ouvriers, il s'absente souvent, et quand il n'est pas là, je fredonne à en pleurer :

On ne partage plus de secrets[26]
On ne partage plus nos joies
On ne se dit plus trop grand-chose quand on se voit
On ne s'y brûle plus les doigts
Et devant tout ce qui nous sépare
Sans plus rien qui répare
Au nom de tout ce qui nous sépare
Sans l'ombre d'un espoir
Notre passé, c'est comme de la poussière
Qu'on souffle sur un meuble

Des particules qui dansent dans le soleil
Et disparaissent toutes seules
Quand je pense à tout ce qui nous sépare
Sans plus rien qui répare
Au nom de tout ce qui nous sépare
Comme deux ombres à l'écart
J'ai perdu ma lumière intérieure
Perdu mon petit phare
Ça éclairait tous mes sourires
Maintenant je ne vis plus que dans le noir
Alors c'est comme finir
Ses jours en prison
Ce qui vous fait tenir
C'est l'absence de raison
Et la distance qui sépare
Les fantômes de l'histoire
Je pourrais interpréter tes silences
Mais ça ne me dit plus trop rien
Quelle est la valeur des choses
Si ce qu'on échange ne coûte plus rien ?
Et devant tout ce qui nous sépare
Sans plus rien qui répare
Au nom de tout ce qui nous sépare
Trahis et dérisoires
C'est comme une révolution
Un pays qu'on raye d'une carte
Sauf que je savais très bien le pourquoi, le comment
Même avant que tu partes

Alors c'est comme finir
Ses jours en prison
Ce qui vous fait tenir
C'est l'absence de raison
Et la distance qui sépare
Les héros de notre histoire
Tout ce qui nous sépare
Sans plus rien qui répare
Au nom de tout ce qui nous sépare
Salis et sans espoir.

* * *

Marien est très investi dans son entreprise. Il se tient bien droit sur sa jambe blessée, plein d'orgueil et de confiance. Cette confiance, il l'a gagnée grâce à deux camarades qui ont accepté de le suivre dans son projet, et j'essaye de lui en voler quelques étincelles pour construire la mienne.

Elle s'est épanouie lorsque j'ai intégré l'EFS. J'ai travaillé très dur pour y parvenir, j'ai planché des jours et des semaines sur des livres traduits en braille, à en avoir mal aux doigts à force de presser les pointes le plus rapidement possible, pour apprendre plus vite. J'ai suivi aussi des conférences, des cours en audiodescription, et j'ai pratiqué, beaucoup, dans des institutions spécialisées. J'ai eu droit à une formation adaptée.

Ca m'a pris longtemps, mais j'y suis arrivée. Je suis maintenant infirmière de prélèvement au sein de l'EFS. Et ça, j'en suis fière. L'EFS fournit plus de mille cinq cents établissements de santé, hôpitaux et cliniques, partout en France. Il possède plus de cent sites fixes de collecte, et quarante mille collectes mobiles. C'est dans un de ces centres que je travaille.

J'aime palper le gras du bras des donneurs, trouver le tuyau de la veine et y enfoncer l'aiguille avec une dextérité qui les surprend. Je devine que, lorsqu'ils pénètrent dans la salle de prélèvements, ils dévisagent mes yeux morts et paniquent quand ils réalisent que c'est moi qui vais les inciser. Je les rassure avec une douceur amusée, j'ai appris à ne pas me vexer, comme j'ai appris à faire pénétrer l'aiguille avec fermeté et souplesse en même temps. Au départ tremblantes d'appréhension, les veines des courageux bénévoles se détendent et déversent joyeusement leur flot de vie dans mes tubes et mes pochettes.

Le moment où elles crachent leurs premières gouttes de sang est un moment extraordinaire. Il y a un chuintement, au moment où l'aiguille perfore le tuyau, puis c'est la vie qui accourt au galop, la vie pour un malade ou un blessé en attente de transfusion. Participer à ce miracle me comble davantage que tout ce que j'ai pu réaliser avant. C'est plus qu'être utile, c'est participer à ce prodige mystérieux qu'est la vie.

J'aimais mon travail de contrôleur aérien et ses sursauts d'adrénaline, mais il ne me donnait pas ce sentiment d'apaisement, cette sensation glorifiante d'être en plein accord avec le monde qui m'entoure et surtout d'y participer, d'en être un élément indispensable à la survie.

Ma mission au sein de l'EFS est devenue plus qu'un travail, elle a donné un sens à mes idées noires et à moi, une raison de vivre. Grâce à elle j'arrive à occulter une partie de l'horizon uniformément gris qui navigue derrière mes yeux, je m'échappe de ma prison. A travers mes aiguilles je récupère le sang qui sauvera des mourants, et les réflexions des bénévoles que je pique puis que je nourris me fournissent une source inépuisable de points de départ à mes histoires. Je les aide à récupérer en leur offrant une collation, je les écoute, je les décrypte, et je m'invente des pans de leurs vies qui s'animent et éclairent ce que je ne peux plus voir, comme si un écran géant s'installait dans mon cerveau.

* * *

La journée de collecte s'achève sur un constat inquiétant : nous n'avons pas eu beaucoup de donneurs, la faute peut-être au soleil riant que j'ai senti sur ma peau lors de ma pause déjeuner, et qui a dû inciter les gens à paresser dehors. Les stocks de sang ne sont pas suffisants, ils ne le sont jamais. Il en faudrait toujours plus.

Un nouveau donneur est installé sur le fauteuil de prélèvement, il sera peut-être le dernier de la fournée du jour. Je m'approche de lui en lui adressant un grand sourire et un bonjour enthousiaste qui se veut rassurant. J'attends le mouvement de recul qu'il ne pourra pas retenir lorsqu'il posera les yeux sur mon visage, je garde mon sourire plaqué, par habitude.

Je me sens pourtant lasse ce soir, préoccupée par le manque de donneurs et par l'insuffisance de ce qui est nécessaire pour soigner. L'absence de lumière et de couleurs me pèse davantage encore, quand je suis fatiguée, comme si l'optimisme et l'enthousiasme s'éclipsaient avec la lassitude. On n'en fait pas des habitudes de vie, les manques demeurent, atroces, avec leurs lots de peurs qui elles non plus ne s'apprivoisent jamais complètement.

— Clara ? C'est toi, c'est bien toi ?

Cette voix. C'est impossible. Je n'arrive pas à y croire.

— Lannick ? hasardé-je timidement.

— Oui c'est moi. Je ne savais pas que tu travaillais pour le don du sang. C'est formidable.

Il y a une chaleur si douce dans sa voix, qui poignarde mon cœur avec une souffrance plus douce encore. Je ne l'ai pas recroisé depuis que j'ai découvert qu'il sortait avec une fille, et je ne m'attendais pas à le retrouver là, dans ce dépôt ambulant, prêt à donner son sang pour une noble cause. J'en suis heureuse, et mélancolique à la fois.

— Je suis venu avec ma sœur. Elle a vu un de ses amis mourir d'une hémorragie au cours d'une opération. Alors le don du sang, c'est quelque chose de crucial pour elle. Elle m'a convaincu de participer à son effort.

— Je ne savais pas que tu avais une sœur, dis-je pour exprimer le regret qui me taraude, le regret que nous nous soyons quittés sur une dispute sans avoir eu le temps de mieux nous connaître.

— Elle habite en Angleterre, alors elle ne vient pas souvent. C'est elle qui me ramène des kilts.

— Je croyais que tu les commandais sur le Net.

— Non. C'est Morgane qui me livre à domicile.

— Morgane ?

Ma voix trébuche, en accord avec mes jambes qui tout d'un coup se mettent à trembler. Ce prénom... Que m'arrive-t-il ? Il y a là une coïncidence troublante que je ne peux pas laisser dans l'ombre.

— Tu as une sœur qui s'appelle Morgane ?

— Oui, répond succinctement Lannick, sans doute étonné de ma propre incrédulité.

J'enchaîne.

— Et ta compagne s'appelle aussi Morgane ?

Un éclat de rire énorme, inhumain, jouissif, me répond. Il percute les bulles d'air et, en rebondissant contre elles, s'amplifie encore, jusqu'à traverser les murs. Que signifie-t-il ?

— Je ne connais qu'une seule Morgane, et c'est ma sœur.

Sa sœur ? Mais alors ?

— Et je n'ai pas de compagne. La dernière en date m'a quitté il y a un peu plus d'un an.

Oh ! C'est comme une coulée de soleil après le passage d'un cyclone. Comme un feu d'artifice qui déchire la nuit noire et la réchauffe. C'est comme un rêve ! Le plus beau, le plus doux, le plus ardent. C'est tout ce que je voulais.

Sans plus attendre je me jette sur lui, je cherche ses lèvres, je tombe d'abord sur sa joue râpeuse de barbe, je glisse vers la chaude texture de sa bouche et je m'y colle, je la caresse, je l'engloutis. Il ne me repousse pas, au contraire ses bras me renversent et me plaquent contre lui. Et c'est comme le jour de notre rencontre, avec nos deux corps emmêlés, et mes mains qui s'agrippent au morceau de tissu qui lui sert de vêtement, et sous lequel son sexe nu s'offre à ma frénésie.

Vite ! Qu'il me prenne là, sur ce fauteuil dépliable qui en a vu bien d'autres. Je le chevauche, je le prends en moi, je ne veux plus penser à rien d'autre qu'à notre plaisir. C'est ma revanche pour m'être fiée aux apparences, ce soir-là, lorsqu'une inconnue, après s'être agenouillée dans la terre pour aider son frère au jardin, avait réclamé de se laver avant de rentrer chez elle.

* * *

Je ne me lasse pas de redessiner les courbes de son visage avec mes doigts. Je veux tout connaître de ses fossettes riantes, de ses sourcils soyeux, son menton carré, son nez long, mais long comment ? Est-il droit ou busqué ? Fin ou légèrement épaté ?

— De quel vert sont tes yeux ? Couleur de mer ? De forêt ? Couleur de feuilles ? Couleur de marécages ?

Je veux tout m'approprier de son corps, ses formes, son moelleux, la texture de sa peau, son odeur, avant de me le projeter sur l'écran géant dans ma tête. Le voilà en grandeur nature, il est là, avec des éclats d'émeraude dans les pupilles, car ma joie éclate en un trop plein de couleurs à aviver.

— Le bleu du ciel est ce que je regrette le plus, dis-je avec une mélancolie dont je n'ai pas conscience mais qu'il attrape au vol.

— Alors viens !

Il prend ma main et m'emmène jusqu'à sa voiture. Je m'empresse d'en faire le tour, je touche la carrosserie, essaye d'en visualiser les lignes, bute sur les courbes de son pare-brise, avant de déboucher sur du vide.

— C'est une décapotable !

— Une Lotus, si tu veux tout savoir.

Une voiture anglaise pour un conducteur en kilt. Je savoure l'ironie de la situation, tout en regrettant de ne pas pouvoir apprécier autrement qu'au toucher les lignes de cette voiture que j'imagine épurées, gracieuses, affolantes.

— Elle est de quelle couleur ?

— Bleue, bien sûr.

Ah oui, bleue comme le ciel que je ne verrai plus jamais.

Il m'emmène en balade dans la campagne autour de la ville. Je ne me sens pas très à l'aise, je devine qu'on sort des faubourgs au moment où il accélère, car je me retrouve plaquée contre mon siège, cramponnée aux accoudoirs dans un réflexe puéril de contrôler l'inconnu.

— Laisse-toi aller, dit Lannick. Profite !

Profiter de quoi ? Je ne peux rien voir du paysage, et le fait d'être embarquée dans le cockpit d'une petite bombe ambulante n'y changera rien. Comme je ne peux pas non plus avoir le plaisir de la conduire, je me demande ce que je fais là. Il y a l'illusion de la vitesse, bien sûr, comme quand j'étais petite et que je criais dans les manèges du château hanté, lorsque le wagonnet dégringolait à toute allure dans le noir, un noir créé artificiellement, pour donner davantage de sensations. Je les retrouve aujourd'hui, ces sensations, mais amplifiées, et comme affinées, et je ne crie pas.

Parce que je sens le souffle de l'air brassé sur mon visage, dans mes cheveux qui s'envolent, je goûte la vitesse, j'en suis grisée, j'en tombe amoureuse. Cette caresse du vent sur mon corps, je m'en emplis, c'est comme un lambeau de ciel qui pénètre dans mes poumons et traverse les pores de ma peau. Je le dessine bleu bien sûr, je m'en approche, je vole jusqu'à lui, oui, c'est ça, je vole, les yeux fermés. Je peux presque le toucher.

Ivresse de la vitesse. Je plane. Je ris. Je suis amoureuse.

Chapitre 13

Le monde était devenu une bulle sonore, changeante, où il était possible de tout traduire par le bruit et la voix.

Clara DUPOND-MONOD

— Marien, il faut que tu partes.

Je prononce ces mots couperet d'un ton peiné qui en atténue la dureté, mais pas la portée. J'ai invité Marien à boire un verre au café de la rue des Lilas. C'est le lieu de notre rencontre, c'est là que je veux inscrire la fin de notre histoire.

— Je te gêne, c'est ça, je prends trop de place ? s'inquiète Marien.

Il ne comprend pas. Il n'a jamais vraiment pris de place dans ma maison, dans ma vie. Sa présence auprès de moi était plutôt comme une parenthèse, un épisode en suspens, en attendant que quelque chose arrive et fasse tout basculer.

Cette chose est arrivée, et c'est Lannick qui l'apporte.

— Tu dois rendre la place que tu as prise, répliqué-je en faisant exprès de jouer sur les mots.

— Pourquoi ? Tu veux la récupérer pour toi toute seule ? Tu as besoin d'espace ? Tu te sens à l'étroit ?

— Non.

— Il y a quelqu'un d'autre ? gémit Marien et sa plainte me bouleverse jusqu'aux entrailles parce qu'elle percute un épisode de son passé, un épisode douloureux pour lui, qu'il n'a pas envie de revivre.

— Pourquoi ? répète-t-il platement. On n'est pas bien tous les deux ?

— On n'est pas mal, et ce n'est pas assez.

— J'ai besoin de toi.

Oh ! Ce cri du cœur qui jaillit comme un boomerang, il me transperce, il me culbute. Quand sa femme l'avait quitté, il s'était contenté de lui dire qu'il l'aimait. Pour me retenir, il parle de besoin. Il dit les mots que je disais pour Benoît.

Ne me quitte pas. Laisse-moi devenir l'ombre de ton ombre, l'ombre de ta main, l'ombre de ton chien[7]. Mais ne me quitte pas. Ne me quitte pas.

* * *

— Qu'est-ce que j'ai fait ? Ou pas fait ? On s'était trouvés, je croyais qu'on était pareils, qu'on s'entendait bien.

— On s'entend bien mais on n'est pas pareils.

— On est tous les deux des handicapés et c'est pourquoi on était bien ensemble, on se comprenait, insiste Marien.

J'ébauche un geste de protestation, je ne peux pas le laisser s'engouffrer dans cette voie sans issue qui ne peut que nous faire du mal, en nous projetant face à nos infirmités respectives.

Je n'ai pas le temps de lâcher le moindre mot qu'il me coupe déjà la parole.

— Oh ! je sais, ma jambe blessée n'a rien de comparable avec le degré de ta blessure. Mais c'est grâce à elles que nous nous sommes rencontrés, et c'est aussi grâce à ce que je t'ai vu faire en dépit de ta cécité que j'ai résolu de monter mon entreprise de maçonnerie. Je me suis dit que, puisque tu avais réussi à agir, alors moi aussi je le pouvais. Jamais Christelle ne m'aurait donné le courage de rebondir et d'aller de l'avant.

Je m'autorise à me montrer philosophe. J'ai de l'expérience.

— C'est ce qu'on appelle la faculté d'adaptation, être capable de dire adieu à des choses, ou à des gens. C'est le lot de l'être humain, parce que la vie est ainsi faite. Un jour un homme a une femme, le lendemain elle disparaît. Il court comme un sprinter, jusqu'au moment où il ne peut plus que boiter. Son monde est rempli de soleil et de couleurs, la seconde d'après, tout s'efface. On doit s'adapter en permanence, sinon on s'éteint à petit feu.

— Il y en a qui n'arrivent pas à s'adapter, réplique Benoît.

Il a raison. L'adaptation n'est pas toujours qu'une question de survie.

— Et c'est qui celui pour qui tu veux que je parte ?

On y est, le ton de sa voix a retrouvé les couleurs normales de l'homme jaloux qui veut en apprendre davantage sur son rival. Je respire mieux. Sur ce terrain-là, je ne ferai pas preuve de faiblesse.

— Est-ce qu'il sera aussi compréhensif que moi pour tes absences ?

Je fronce les sourcils, et ma voix claque, métallique et incrédule.

— De quelles absences est-ce que tu parles ?

— Je parle de tous ces moments où tu t'absentes dans ta tête. On ne sait jamais si tu es là ou pas là, tes yeux n'indiquent rien, ils ne changent jamais. Mais parfois on te parle, et tu ne réponds pas, tu sembles ailleurs, réfugiée dans un coin. Où est-ce que tu pars dans ces moments-là ?

— Tu l'as dit : je m'évade dans ma tête, dans mes souvenirs, dans des images que je porte en moi. Il y a des moments où le vide des mes yeux est si insupportable que j'ai besoin d'animer un écran quelque part dans mon cerveau. Il faut que je le colore, que je le peuple, ou c'est la mort qui m'appelle. Alors à la place, j'appelle à la rescousse tous les clichés que je peux trouver, tout ce qui peut m'aider à soutenir l'insoutenable, le néant de formes et de couleurs, la nuit grise et froide qui est mon quotidien.

Les mots se bousculent à mes lèvres, je bute dessus, il y en a tant, il y en a trop. Je n'ai jamais pris le temps d'expliquer à Marien le travail de sape destructeur que forent les démons de ma grisaille jour après jour. Je ne lui ai jamais parlé des murs invariablement opaques de ma prison, de ma peur que je dois combattre, de mon sentiment de perte atroce qui souvent m'accable, ce manque intolérable de ce qui brille, de ce qui est coloré et bouge, et vit.

Je croyais qu'il avait compris l'étendue des dégâts, la profondeur du vide que m'imposent mes yeux morts, la douleur cruelle du supplice qui n'en finit pas de cogner. Il n'en a même pas compris l'injustice, lui qui a accepté de se faire licencier sans se révolter, qui ne s'est pas renseigné auprès des prud'hommes pour tenter de résoudre son conflit avec son employeur.

Contrairement à ce qu'il croit, nous ne nous sommes jamais compris. Nous nous sommes soutenus, et si peu appréhendés.

Je l'ai tiré de sa résignation. Je l'ai porté vers une reprise en main de son activité professionnelle. Je ne peux pas faire davantage et le garder auprès de moi, dans ma maison, dans mon lit, qu'il a réchauffé, c'est vrai, mais comme un étranger en sursis.

* * *

Marien s'est levé d'un pas lourd, le pas du perdant, rendu d'autant plus bouleversant qu'il s'appuie sur une jambe blessée qui ne guérira jamais. Elle non plus n'a pas été réparée. Je n'y peux malheureusement rien.

Je soupire tristement. Nos manques ne sont pas les mêmes. Je n'ai pas besoin de lui mais de quelqu'un d'autre, quelqu'un qui me sorte de ma grisaille, qui me l'allume et me la décore grâce à sa présence, qui me fasse frissonner, et fantasmer, qui me rende amoureuse, qui me fasse croire que je suis vivante.

J'attends Lannick dans ce café de la rue des Lilas qui à mes yeux revêt l'importance des endroits qui comptent. Il a prévu de m'emmener dîner dans un restaurant où je ne suis jamais allée, un étoilé où la cuisine devient raffinée et savoureuse.

Je me sens à la fois exaltée de me retrouver bientôt projetée dans un lieu inconnu, soigneusement aménagé, luxueux certainement, où j'aurais à inventer ma propre idée du luxe. Et en même temps je suis intimidée, voire réticente, comme si j'anticipais déjà sur la frustration qui m'assaillira lorsque mon assiette sera déposée devant moi et que je ne pourrai pas la goûter des yeux. Lannick aura beau me décrire la liste des ingrédients utilisés, que restera-t-il du bel assemblage sans consistance ? Des saveurs étonnantes et subtiles, des arômes délicats. C'est déjà bien, c'est même beaucoup.

Pour ce soupçon de manque qui toujours me taraude, il n'y a pas de remède. Excitation et frustration, j'oscille toujours entre les deux, il n'y a jamais matière à ce qu'elles coopèrent entièrement, ces deux-là, et s'effacent au profit de l'autre. Et moi qui tout à l'heure parlait d'adaptation à Marien. C'est une adaptation sans arrêt remise en cause qui s'impose.

S'adapter ou mourir. C'est le combat que je dois mener chaque jour et dont la difficulté échappe à Marien, pour qui ma force d'acceptation va de soi. Il y a des blessures dont on ne guérit jamais complètement, des regrets qui refusent de s'effacer, des manques qui ne se comblent pas, des peurs qui jamais ne se tarissent, malgré les efforts. Malgré les images qu'on se force à aller chercher dans la boîte aux souvenirs, ou qu'on invente.

Une vie se jalonne de portes qui s'ouvrent et qui se ferment. Marien n'était qu'une étape, une escale, un passager en transit.

L'étape suivante s'appelle Lannick, et je l'attends au café des Lilas, avec une chanson qui chante dans ma tête et donne des coups de poings à ma peur.

Attention, ah là, voilà son avion au bout de la piste[27]
Attention au cœur qui bat beaucoup trop fort et beaucoup trop vite
Attention aux yeux l'éclat du soleil autour du cockpit
Attention branle-bas de combat passager très spécial en transit
V.I.P. most important person to me
V.I.P. bienvenue à Paris-Orly.

* * *

Les mots suivants de la chanson restent figés dans ma gorge car ils touchent de trop près ce monde de l'aviation et de voyages dont je faisais partie. Avant. C'est comme une vieille blessure de guerre qui se laisse oublier la plupart du temps, mais qui parfois se réveille, et se fait aussi cruelle que si elle venait de se déchirer.

Des larmes amères dégoulinent sur mes joues, il est trop tard pour les retenir, je vais avoir le visage froissé, et la bouche triste. Et Lannick ne me trouvera pas jolie.

N'importe quelle femme dans cette situation courrait aux toilettes se refaire une beauté. Moi je n'ai pas ce recours. Je ne peux me montrer que telle que je suis.

Je me lève, tâtonne jusqu'au comptoir.

— Comment suis-je ? demandé-je à la serveuse, qui m'idolâtre depuis que j'ai massé le cœur récalcitrant de Louis.

Elle ne comprend pas mon inquiétude. Dans le tiroir sous sa caisse est rangé un petit miroir de poche qu'elle scrute de très près dès qu'elle se remet du rouge.

Elle s'étonne. Son prénom — elle s'appelle Marlène — et sa naïveté, qui résulte à la fois de son insensibilité aux souffrances qu'elle ne partage pas et de la confiance qu'elle garde envers la vie et les gens, me font penser à cette chanson de Patricia Kaas, qui parle du passé comme d'une injure et évoque les murs comme s'il n'y avait qu'un côté qui rassure.

Auf wiedersehen Lili Marlene[28]
Reparlez-moi des roses de Gottingen
Qui m'accompagnent dans l'autre Allemagne
A l'heure ou colombes et vautours s'éloignent
De quel côté du mur
La frontière vous rassure ? [...]
D'Allemagne l'histoire passée est une injure
D'Allemagne l'avenir est une aventure
D'Allemagne je connais les sens interdits
Je sais où dorment les fusils
Je sais où s'arrête l'indulgence.[...]
De quel côté du mur
La frontière vous rassure ?

Et moi, qui suis du mauvais côté du mur élevé par mes yeux morts, le côté gris, sombre et tourmenté, qu'est-ce qui va me rassurer ? Qu'est-ce qui va laver l'injure de mon passé et me donner des aventures ?

— Tu es comme d'habitude, déclare Marlène. Tu as mal quelque part ?

Je soupire tristement. J'ai mal à mon apparence. Sans arrêt elle m'échappe et je ne peux pas la contrôler.

Suis-je bien coiffée ? Ai-je des cernes sous les yeux ? Des rougeurs sur le nez ? Une tâche de graisse sur mon chemisier ? Détails insignifiants peut-être mais qui, parce qu'ils se dérobent, gagnent de l'importance.

Je ne peux même pas constater si des rides commencent à faire craquer ma peau, comme si j'étais la seule à ne pas me rendre compte que le temps passe, comme cette ancienne vedette de cinéma qui continue à postuler pour des rôles de femme amoureuse parce qu'elle ne veut pas voir qu'elle se fane.

* * *

Quand Lannick me rejoint, je force un sourire sur mes lèvres. Il n'a pas besoin de tout connaître de mes sautes d'humeur, pas en permanence. Aujourd'hui, il me sort, alors je dois me montrer à la hauteur du bon moment qu'il espère passer avec moi. Je ne vais pas le lui gâcher.

Je m'installe à la place du passager, dans sa belle Lotus bleue, et je m'accroche à la vitesse qui m'ébouriffe les cheveux, me siffle au visage, me fouette la peau. Décidément, il y a quelque chose qui ne passe pas ce soir, je suis triste, désabusée, incapable d'apprécier à sa juste mesure ce que m'offre Lannick.

— Qu'est-ce qui se passe ? finit par demander mon chauffeur. Ca ne va pas ?

— Si si, ça va.

— Tu veux qu'on s'arrête ?

— Pourquoi ? Je ne peux de toute façon pas prendre ta place, même si j'aimerais, ça oui, j'aimerais tellement te remplacer au volant. Au lieu de ça, je me laisse conduire, comme toujours.

Quelques secondes pesantes s'écoulent entre nous, sans autre bruit que le rugissement de fauve du moteur. Je n'ai pas pu empêcher ma mauvaise humeur de se montrer, malgré mes efforts. C'est plus fort que moi. Il y a des jours comme ça où le moral ne peut pas se rendre. Ma séparation avec Marien m'a fait du mal, elle a brassé tant de blessures que je n'ai pas le courage de cacher.

— Il faut qu'on parle, décrète soudain Lannick en arrêtant la Lotus.

Il s'est garé quelque part, je ne sais pas où. Je devine que nous ne sommes pas encore arrivés au restaurant.

— Tu ne pourras jamais conduire à nouveau, déclare-t-il. Mais est-ce que tu sais qu'il y a des kinés aveugles ? Des médecins aveugles ?

Je ne réponds rien, j'ignore où il veut en venir.

— L'un des pionniers fut Jacob Bolotin. Né en 1888 dans une famille d'immigrants pauvres de Chicago, il a combattu les préjugés et les idées fausses sur les capacités des personnes aveugles et il a réussi à se faire accepter à l'école de médecine puis dans la profession médicale.

Lannick finit là sa diatribe. Il doit s'attendre à ce que je réagisse.

— Je suis prête à lui accorder l'expression de ma plus grande admiration, dis-je. Mais c'était au début du XXème siècle. La médecine a beaucoup évolué depuis.

— Tu penses à l'apparition de l'imagerie médicale ? On la réserve pour certaines pathologies dont les diagnostics ont besoin d'être affinés.

Je me contente de hausser les épaules, je n'ai pas envie qu'il aille plus loin en me traînant derrière lui. Il y a des limites qu'on peut reculer, et d'autres qui malheureusement demeurent infranchissables.

— J'ai lu dans un article qu'une britannique sourde et aveugle, étudiante en quatrième année de médecine à l'université de Cardiff, se destinait à travailler au service de soins palliatifs. Elle affirme que, dans son cas, la perspicacité remplace la vue.

— Pourquoi me racontes-tu ça ? Quel bien espères-tu que je vais en retirer ?

— Quel bien ? Mais je veux te réveiller bon sang ! Tu te plains de ne plus pouvoir conduire, et j'en suis désolé pour toi. Mais ce que je veux te dire, c'est qu'il y a d'autres choses que tu peux faire.

Les mots que Lannick martèlent avec une force retenue me font peur, car je sens que la colère n'est pas loin. Il est redevenu le Lannick de nos débuts, passionné et volontaire, qui, en voulant m'encourager, me grondait de me contenter de peu, de rien.

Je soupire comme si je voulais vider mes poumons pour ensuite les remplir à fond et nager sous l'eau le plus longtemps possible, puis je me lance dans un discours que je souhaite clair et net, pour qu'il arrête de rêver pour moi à des choses impossibles.

— Je sais que tu souhaites ce qu'il y a de mieux pour moi, modulé-je. Mais réfléchis un peu : tu me conseilles d'entreprendre des études de médecine, sachant qu'elles sont déjà longues pour une personne normale. Alors tu imagines pour moi ? Apprendre via des livres écrits en braille, ou en suivant des cours audio : j'en aurais pour des décennies avant d'être capable de pratiquer. Rien qu'à l'idée d'apprendre comment fonctionne un organe sans pouvoir le regarder, je panique. Une image permet de saisir immédiatement de quoi il s'agit, alors qu'avec les mots, le cerveau doit collecter l'information et la convertir en un contenu qui a du sens. C'est un processus fastidieux, et long. Je serais sur mon lit de mort que je ne saurais toujours pas le tiers de ce qu'il y a à savoir.

— Au moins tu aurais un but pour continuer à avoir envie de vivre. Tu ne t'es pas demandé ce que tu feras quand tu auras pris ta retraite ? C'est ce que tu fais aujourd'hui avec tes bénévoles du sang qui donne un sens à ta vie. Alors, quand cette étape sera terminée, qu'est-ce qu'il te restera, sans tes yeux ? Tu retourneras à tes chansons, ton vélo, tes films en audiodescription ?

— Tu es cruel ! Tu me fais mal à me projeter comme ça dans le futur ! Pourquoi me fais-tu ça ?

Conscient de la souffrance qu'il me cause, Lannick me prend dans ses bras et me serre contre lui, malgré la boîte de vitesses qui percute ma cuisse. Cette égratignure n'est rien, je suis bien contre lui, en sécurité. Mes fesses s'extirpent de mon siège et glissent vers le sien, par-dessus le levier. Mon ventre se colle à son ventre pour une fois protégé par un pantalon. Déjà j'oublie ces mots et le côté âpre de leur réalisme. Je n'ai pas envie de penser, car si je m'y mets, je me noie.

— C'est la vieillesse qui fait mal, et son ennemi le plus pernicieux : l'ennui, murmure tendrement Lannick entre deux baisers sur ma joue. Au moins, avec tes livres de médecine, tu serais occupée jusqu'à la fin de tes jours, à toujours en apprendre davantage. Je t'imagine même donnant des consultations à tes amies de la maison de retraite.

Voilà qu'il me parle de la vieillesse maintenant, comme si j'étais arrivée au bout de ma vie, au bout de mes désirs. Comme s'il ne me restait rien à vivre, à part apprendre la médecine. Je pourrai aussi réviser l'histoire du monde, pays par pays, ce qui m'occuperait pendant plusieurs années.

Je refuse d'y penser, la vieillesse me paraît si loin, telle une étape inaccessible, elle n'a pas de consistance, je ne peux pas m'y projeter. J'ai déjà bien assez de mal à gérer la misère de ma cécité, alors celles liées au temps qui passe et ne revient plus ! Je ne peux pas me confronter à l'insurmontable.

— Pour la dernière fois, Lannick, je t'en prie, laisse-moi tranquille avec ça. J'y réfléchirai plus tard.

— J'aimerais bien avoir une personne avec des connaissances médicales approfondies à mes côtés, insiste-t-il en me plaquant encore plus fort contre son torse.

— S'il te plaît, tais-toi maintenant ! Emmène-moi plutôt au septième ciel.

* * *

J'arrive au restaurant chiffonnée et complètement hirsute. Je prends le parti de m'en moquer, puisque c'est la vitesse et surtout nos ébats qui en sont cause. Je veux croire que le bonheur que Lannick m'a donné suppléera au laissez-aller de mon apparence. Je l'affiche haut et fort ce bonheur partagé, j'ai oublié mon amertume, je ne veux me souvenir que de ces gestes d'amour qui font croire que la vie vaut d'être vécue, malgré les manques et tous les impossibles.

Mes talons claquent sur un carrelage ancien — un grand damier noir et blanc, me souffle Lannick —. Il me guide par le bras pour me faire grimper quelques marches, l'escalier tourne une fois, puis une deuxième, je me retiens à la rampe en fer forgé, froide et lisse. Une rampe en bois aurait dégagé de la chaleur.

Où m'emmène-t-il ?

— J'ai réservé la petite salle à l'étage. Il n'y a que notre table, ça fait comme un balcon au-dessus des pièces du bas, explique Lannick. Les murs sont bleus, de ce bleu profond que prend le jour quand la nuit commence à venir de l'est. Tu vois celui dont je parle ?

Oh ! Ces douces nuits d'étés qui me reviennent en mémoire, avec ces ciels extraordinaires, pailletés de lumière à l'ouest, plus sombres de l'autre côté de l'horizon, grisés par les chants des grillons, avec l'odeur des côtelettes et des saucisses braisées au feu des barbecues.

— Oui, je vois ! C'est mon bleu préféré.

— Alors imagine-toi sous un ciel de cette couleur. Une table en bois foncé. Deux fauteuils rouges, en cuir, avec des accoudoirs noirs. Des bougies.

* * *

Un verre d'apéritif maison nous est offert, accompagné de verrines miniatures de foie gras poêlé aux épices. Le foie est divin, le vin pétille dans ma bouche, j'en imagine la robe joyeuse et dorée. Je me prends à espérer que Lannick ne va pas me reparler d'études de médecine ou de kiné. Je ne veux que vivre l'instant présent, sans penser à un avenir qui de toute façon ne sera pas celui que j'aurais voulu.

— Tu sais que, quand tu es contrariée, tu a pris la fâcheuse habitude de baisser les yeux ? demande soudain Lannick. Est-ce que tu t'en rends compte ?

— Je l'ignorais.

Je me force à planter mon regard vide en direction de ce que j'imagine être son visage. Sa voix me guide, mais il n'y a rien pour nous agripper, aucun échange, aucun courant qui transite. Seules nos voix communiquent, nos yeux ne le peuvent pas.

— Ne te cache pas, n'aie pas peur de me montrer qui tu es.

— Je n'ai pas peur.

— Voyons alors quelle sera ta réponse si je t'offre un cadeau.

Il pose dans ma main une petite boîte en plastique, si petite qu'elle loge toute entière dans ma paume.

— Un cadeau ? Pour moi ? Pourquoi ?
— Ouvre, tu comprendras.

Je soulève le couvercle puis je glisse les doigts à l'intérieur du compartiment. Je tâte un rembourrage satiné, mon index continue son exploration minutieuse et bute sur quelque chose de dur, de froid, de rond. Un anneau ! Perplexe, je le dégage de son écrin de tissu, je le palpe, je le soupèse. Je n'arrive pas à deviner ce qu'il signifie.

— Qu'est-ce que c'est ? demandé-je, trop confuse pour risquer de me perdre dans des hypothèses hasardeuses.

— J'aimerais que tu deviennes ma femme.

* * *

Un feu d'artifice explose dans ma tête, des gerbes de surprise, des bouquets de joie, et par-dessus, de l'amour, beaucoup d'amour. Etre aveugle et malgré tout, être aimée au point d'être demandée en mariage, c'est l'un des plus beaux cadeaux que la vie pouvait m'offrir.

— Je t'aime et je veux passer tous mes jours avec toi, déclare solennellement Lannick.

Il a lu sur mon visage la pluie de sentiments qui s'y succèdent. Il voit, lui, il sait ce que je montre et ce que je ressens. Et il m'aime, malgré mes yeux, malgré mes films, mes chansons et mes rêves vécus par procuration.

C'est maintenant que je vis dans un rêve, dans mon rêve. J'en serai l'héroïne et Lannick le prince charmant.

Il veut se marier avec moi !

Mais quand ? Où ? Comment ? Combien — d'invités — ?

J'éclate d'un rire enfantin, gai et insouciant. C'est un miracle, une merveilleuse promesse de bonheur. Déjà mon esprit réfléchit à tout ce qu'il faudra prévoir, la salle, la décoration, le choix des convives, le menu, et puis bien sûr : LA ROBE. Je ne la verrai pas sur moi, mais je peux l'imaginer, moulante, couleur de neige, tissée de satin et de dentelle pour un rendu à la fois glamour et aérien. Je la dessine dans ma tête, cette robe de fête, elle sera fabuleuse, car telle est la prérogative des rêves. Elle le sera certainement beaucoup moins sur mon dos, en chair et en os, ou elle ne m'ira pas aussi bien que dans l'image que je me sculpte. Qu'importe. Je serai la seule à me trouver belle dans ma robe de star, par la magie d'un écran interposé qui ne me montrera pas telle que j'apparaîtrai aux yeux des autres, mais telle que je voudrais être.

De nouveau j'éclate de rire, je ris à la vie qui m'anime, à ce projet qui me ranime. Et tout en riant, je plante un baiser fougueux sur les lèvres de mon prince charmant.

Chapitre 14

Elle était inscrite dans la nuit comme sur un voile miraculeux, elle planait dans le noir, elle flottait nulle part.

Véronique OLMI

Rien de tel qu'un bon petit projet à faire mijoter pour donner du sens à mes journées. Il faut cibler le lieu et les invités, fixer mes idées, les corriger, entre quelques dizaines d'enfoncements d'aiguilles dans des bras plus ou moins dodus.

Si Lannick me demande où j'en suis de mes réflexions quant à l'opportunité d'entreprendre des études de médecine, je pourrai lui répondre que je n'ai pas eu le temps d'y penser. J'ai prétendu que j'y réfléchirai, mais c'était pour dire quelque chose. J'ai fait semblant. Ce n'est pas qu'une question de fuite, disons plutôt que je commence à savoir où positionner mes limites.

Je n'ai pas envie de penser à ce qui se passera après ma retraite, quand je serai ridée et laide et incapable de me rendre compte de l'étendue des dégâts, encore moins de me plonger en avance dans les misères que ne peut que réserver la vieillesse.

Mon futur mariage m'accapare comme si ma vie se résumait à cette journée future. Qu'arrivera-t-il après ? Je ne me projette pas si loin. J'attrape les rêves que je peux.

J'ai trois mois pour organiser la cérémonie. Nous sommes tombés d'accord pour un délai raisonnable et un nombre d'invités plus raisonnable encore. Lannick ne souhaite s'entourer que de ses amis proches et de sa famille. De mon côté le choix est plus restreint encore. C'est l'heure des bilans, et le constat s'annonce lourd d'enseignements : ma cécité subite a coupé dans le tas de mes connaissances et il n'en reste plus beaucoup sur lesquelles je sais que je peux compter. Il y a Emilien et Christophe, grâce auxquels je garde une oreille discrète à la Tour de contrôle. Nellie, qui m'a appris à faire danser mon corps et à y prendre plaisir. Marlène, la serveuse du café de la rue des Lilas, qui se précipite toujours pour me servir un café accompagné de sa petite amande enrobée de chocolat. Justine et Elodie, infirmières comme moi au centre de prélèvements et avec lesquelles j'ai sympathisé.

Et Roselyne bien sûr, même si je me vois mal lui demander de venir sans Benoît. Il sera là, il symbolisera le passé, je ferai semblant d'avoir oublié qu'il m'a fuie par lâcheté, ou parce qu'il ne m'aimait pas assez pour supporter avec moi le malheur qui m'est tombé dessus.

* * *

Je réserve le maire et son adjointe pour une cérémonie à seize heures. Nous irons ensuite faire la fête dans un restaurant voisin qui accepte de nous privatiser l'une de ses salles.

Je m'occupe d'enregistrer une liste musicale pour mettre l'ambiance, c'est elle qui me donne le plus de mal, je la retouche sans cesse, je rajoute des morceaux de disco, du rock, de la variété française, que je teste en ondulant des hanches et du ventre dans mon salon.

Ma voix aussi s'en mêle, emportée par le rythme et les paroles de celles qui touchent mes blessures et me bousculent. Notes gaies et mots tristes définissent si bien ce que je suis devenue, même en provenance directe des années soixante-dix.

C'est la vie ma Lily[29]
Quand tu dors dans les rues de la ville
Tu es bien vieille tu te rappelles

Qu'autrefois tu faisais rêver les soldats
Tourne tourne le temps passe
Dans tes yeux devant ta glace
Mais toi tu ne le vois pas passer.

Le temps est bon, le ciel est bleu[30]
J'ai deux amis qui sont aussi mes amoureux
Le temps est bon, le ciel est bleu
Nous n'avons rien à faire, rien que d'être heureux.

Le temps tourne, le temps passe.
Le ciel est bleu, bleu, bleu. J'ai oublié à quoi il pouvait bien ressembler.

* * *

Et il y a la robe bien sûr. Je sais exactement ce dont j'ai envie, sans savoir si cela m'ira, depuis que j'ai vu la série des films Twilight. C'était bien avant mon accident. Je veux une robe calquée sur celle que porte Kristen Stewart dans l'épisode quatre. J'en aime la soie chatoyante, la coupe sirène si simple et en même temps si élégante. En rajoutant les petites touches de dentelle sur les manches et dans le dos, je sais que l'effet sera très romantique, je l'ai remarqué sur l'actrice, je ne peux pas me tromper. C'est de toute façon le seul moyen qui me reste de porter une robe qui me plaise, avec une coupe que je connais déjà. Je ne veux pas d'effet meringue, ou de bustier redresseur de seins. Ils ont souvent l'air comprimés dans ce genre de parure, ou alors ils donnent l'impression de vouloir s'esquiver par la grande porte. Il faut les surveiller de près, ce que je ne peux plus faire.

J'aurai donc ma robe en soie façon vampire, je la visualise dans ma tête, elle tombait de façon si seyante. Grâce au talent et à la vélocité de la couturière, j'aurai exactement la même.

* * *

Deux jours avant la date de la cérémonie, Lannick m'emmène camper au bord d'une rivière. Par-dessus la chanson minérale de l'eau qui s'enivre de liberté, se greffent les stridulations des grillons qui, à leur manière, vantent la beauté du jour tombant et la douceur revigorante de l'air. Ils chantent leur joie de vivre, si fort que c'est comme s'ils cherchaient à me convaincre.

Jamais je ne les ai entendus frotter leurs ailes avec une ardeur si insensée, et en même temps si sereine. C'est toujours la même histoire des mâles voulant attirer les femelles, c'est ce qui leur donne cette fougue et cette folle envie de vivre.

Je les écoute de toutes mes oreilles, à mon tour je m'enivre de leur attente, de leurs promesses sexuelles à venir. Il me semble que de ne pas dissiper mon attention en contemplant le coucher de soleil sur les grandes herbes qui tapissent notre campement improvisé, me rapproche de la source de leur chant, et de leur désir.

Je m'allonge sur la natte en tissu que Lannick a étalée pour nous tout au bord de la rivière. Je sens la fraîcheur liquide de l'eau, qui n'en finit pas de fuir et de revenir. J'entends chaque goutte qui court, entraînée par les autres, je l'écoute gambader, ou pleurer, les deux se mêlent, la joie et la nostalgie, le temps qui passe et jamais ne retourne en arrière.

Avec le temps on ne revient jamais en arrière[31]
On ne peut que regretter ce qu'on aurait dû faire
Moi je referai tout si c'était à refaire
Oui tout si c'était à refaire
Il te donne et il te reprend
Chaque seconde de son temps
Pour pouvoir vivre une minute
Il faudra rendre celle d'avant
Il te donne et il te reprend
Chaque seconde de son temps

Pour pouvoir vivre une minute
Il faudra rendre celle d'avant
Mais le temps passe
Mais plus il passe et plus je l'aime
Ce temps qui joue et qui m'emmène
Jour après jour dans une danse
Où chaque pas est une chance
Mais plus il passe et plus je l'aime
Ce temps qui passe et qui m'entraîne
Vers celui que je voulais être
Avec ces rêves plein la tête
Il est trop lâche, il va trop vite
Le temps passe et me précipite
Vers un homme que je ne suis pas
Prêt à reconnaître déjà
Il est trop lâche, il va trop vite
Le temps passe et me précipite
Vers un homme dont je ne veux pas
Dire que lui, c'est peut-être moi.

Je ne me rends pas compte que je chante à haute voix. Les mots qui ne sont pas les miens mais quelque part rejoignent une blessure qui ne se referme pas, coulent hors de ma bouche comme un flot trop longtemps retenu. Ils sont eux, et ils sont moi, ils sont ce temps impitoyable qui se précipite, ils sont ce regret lancinant qui m'habite, ce regret de ce que j'aurais pu faire si seulement...

— Oui, chaque pas est une chance, répète Lannick, et je comprends à ce moment qu'il n'a rien perdu de ce que je croyais avoir gardé pour moi. Et c'est bien parce qu'il ne faut pas laisser filer cette chance sans la saisir au vol que je t'ai parlé l'autre jour d'études de médecine. Tu as déjà fait le premier pas avec ton diplôme d'infirmière de prélèvement. Je sais que tu es capable de surmonter les obstacles qui pour l'instant te paraissent insurmontables.

La chanson de l'eau et celles des grillons se font toutes ténues, à peine comme un soupir, pour mieux laisser la place aux paroles de Lannick. Je sens que l'instant est grave, comme une promesse d'explications de laquelle dépend l'avenir, et qu'il n'est pas encore temps de se laisser aller.

— J'ai parlé de médecine, comme j'aurais pu parler de toute activité dans l'assistance sociale, ou dans la psychothérapie, ajoute-t-il. Tu pourrais être bonne là-dedans.

— Pour être une bonne psy, il faut être en équilibre dans sa tête, dis-je. Je ne suis pas sûre d'arriver un jour à atteindre le stade de sérénité nécessaire.

— Mais tu aimes écouter les gens, leur poser des questions, tu t'intéresses à leurs déboires, rien ne te fait fuir.

— Oh si, il y a bien des choses qui me font fuir. Et si je fais semblant de m'intéresser aux gens, c'est pour inventer à mon gré des histoires dont ils sont les héros. C'est ça qui m'intéresse, je ne cherche pas à m'apitoyer sur leur sort, et encore moins à le partager ou à les réconforter.

— Tu veux peut-être jouer les cyniques, mais ta cécité fait que tu ressens de l'empathie vis à vis des blessures des gens. C'est elle qui te rend apte à les comprendre, c'est une erreur de dire que tu ne partages rien avec eux. Il n'y a que ceux qui n'ont pas souffert qui vivent dans leur tour d'ivoire et passent la tête haute devant la souffrance des autres.

— A t'entendre, je n'ai qu'à me présenter dans n'importe quel centre d'accueil pour les défavorisés et je serai accueillie à bras ouverts ! Ou dans une clinique de désintoxication. Ou dans n'importe quelle structure embauchant des psychologues. Et j'y pense, je pourrai monter mon propre cabinet de psychothérapeute, je ne serai pas la seule en ville, il y a déjà trois cabinets à domicile qui ont ouvert cette année. Je crois même qu'on peut suivre la formation par correspondance.

Ma voix flirte avec les aigus, j'ironise, et je me moque, mais c'est surtout mon infirmité que je raille. Pourtant je me rends bien compte que Lannick n'a pas tort : la plupart des gens mal dans leur peau n'auraient pas peur de s'épancher devant une aveugle. Au contraire le fait de ne pas se sentir observés leur ouvrirait plus facilement les portes de la mémoire.

Il y a tant de choses qui transitent par les regards, les préjugés qui se culbutent, la peur d'être jugé, critiqué, de devoir faire face aux apparences, pourtant si souvent trompeuses, les tics dont on a honte, mais qui ne se contrôlent pas, un visage qui dit des choses que le cerveau ne partage pas. Une bouche trop mince qui fait croire à de l'austérité, un menton volontaire qui symbolise la force de l'autorité, même pour ceux qui n'en ont pas. Face à un aveugle, les patients en mal de réconfort seraient peut-être plus à l'aise pour laisser parler leur cœur.

Peut-être. Mais ce serait alors un plongeon au sein-même de leur existence, au plus profond de leur intimité, à côtoyer leur désespoir, pour l'arracher, le retourner, le prendre sur moi. Le désespoir des malheureux qui le partagent ne disparaît pas complètement, il se morcelle, et se transporte ailleurs, en petites parties décortiquées qui se séparent et s'installent dans la tête des gens qui s'y sont attaqué. Comme une citadelle qu'on conquiert à la force de l'épée, et dont il faut ensuite déblayer les pierres, sans savoir où les mettre. Comment ressortir indemne de ce contact étroit avec les misères des autres ?

— Je ne sais pas si ma propre misère serait assez forte pour en encaisser d'autres, dis-je.

C'est plus une affirmation qu'une question dont je ne connais pas la réponse. Ce n'est plus la solitude, le vide et la peur de ce mur brouillé qui me laisse du mauvais côté, le côté noir, que je crains tout à coup. C'est le trop. Le trop plein d'émotions qui ne sont pas les miennes mais que je devrais quand même récolter, les blessures trop profondes pour être colmatées. Est-ce que c'est à ça que je veux résumer ma vie ? Est-ce que je n'ai pas le droit d'être un peu égoïste et de penser d'abord à moi et à mon mariage avec Lannick ?

— Franchement, je ne sais pas, avoué-je, en pleine déroute. Je croyais que tu m'emmenais camper pour faire une dernière mise au point sur la fête de samedi. Un peu comme une nuit de noces avant l'heure. Je trouve cet endroit si romantique, avec sa rivière glougloutante, les grillons, la nuit d'été au-dessus de nos têtes, comme un toit d'étoiles. Pourquoi gâcher cette quiétude ? Tu as oublié le pique-nique peut-être ?

Au lieu de me rassurer de quelques mots, Lannick brandit contre ma joue une bouteille de vin. Elle est délicieusement fraîche. Je n'ai soudain plus envie de rien d'autre qu'un verre de ce vin frais, là, tout de suite, qui fait comme une caresse sensuelle sur ma peau.

Le chuintement d'un papier qui se déchire me fait subodorer que des gâteaux apéritifs vont accompagner le réconfort de l'alcool. Il doit avoir la couleur de l'eau qui paresse sur les bords sablonneux de la rivière, il en aura en tout cas la merveilleuse fraîcheur, ce sera comme si le chant des flots gazouillait dans ma bouche, jusqu'à mon ventre.

Nous trinquons. A la promesse de notre mariage. A la vie qui nous attend.

— Mes parents arriveront demain dans l'après-midi en même temps que ma sœur, dit Lannick.

— Oui, Morgane, la seule et unique, répliqué-je dans un sourire malicieux.

— J'espère que tout ira bien.

Décidément il se passe quelque chose dans la tête de Lannick qui semble prêt à tout gâcher, au lieu de se réjouir sans arrière-pensée. Qu'est-ce qui se passe ? Qu'a-t-il donc au fond du cœur qu'il refuse de me dire ?

Il y a comme un sombre pressentiment qui flotte et pervertit la moindre de ses paroles. La nuit elle-même, que j'imaginais pailletée d'étoiles tremblotantes, comme des milliers de bougies surgies pour peupler l'infini, la nuit donc redevient obscure, et menaçante.

— Il y a un problème avec tes parents ?

Pourvu que le père de Lannick puisse me faire remonter l'allée centrale de la mairie. Je compte sur lui pour jouer le rôle que mon père ne peut pas tenir, il doit être là, pour me prendre par le bras, me guider, et me donner à l'homme de qui dépendra le reste de ma vie.

— C'est ma grand-mère, avoue enfin Lannick d'une voix lointaine qui semble sourdre d'un autre que lui, comme si elle s'échappait d'un désespoir encore plus noir que le sien. J'espérais qu'elle pourrait se déplacer, quitter la maison de retraite où elle s'ennuie à mourir, à attendre que les jours passent, tous pareils. Ce mariage pour elle, c'était un but, une échéance dont elle se réjouissait.

Je comprends soudain pourquoi l'autre jour dans sa Lotus, il me parlait de la vieillesse et de son ennemi juré, l'ennui, comme quelqu'un qui a goûté de près à cette sournoise déchéance. L'absence de projets rendus impossibles par la décrépitude physique, la détresse de savoir que le plus beau est derrière soi, la peur aussi, la peur de se déplacer, de tomber, de ne pas pouvoir se relever, et surtout la peur de la mort toute proche, insaisissable mais à l'affût, dont on ignore quand et comment elle frappera. Est-ce que ce sera douloureux ? Est-ce qu'on a peur de s'endormir quand on est vieux ?

— Mes parents devaient aller la chercher et la conduire ici, tout était prévu. Et puis ce matin elle est tombée dans l'escalier.

Je retiens mon souffle, comme si en l'économisant, j'espérais retarder l'aveu tant redouté.

— Elle s'est déboîté l'os du fémur. Elle ne pourra peut-être plus jamais remarcher.

Je ne lui laisse pas le temps de s'empêtrer dans des hypothèses hasardeuses dont il ne sait rien. Il ne sait pas que les luxations de la hanche sont souvent réparables, contrairement à d'autres blessures. Il extrapole, il imagine le pire, sans se douter que le pire parfois peut prendre des couleurs encore plus sombres que celles qu'on croyait, mais que parfois aussi il se fait la malle et laisse la place aux bonnes nouvelles, ou du moins à des améliorations inespérées.

Quoi qu'il en soit, que la grand-mère puisse un jour remarcher ou non, elle est présentement immobilisée pour de longues semaines. Et c'est cette impossibilité subite qui déroute Lannick.

— On peut reporter le mariage, lancé-je sans hésiter, en pensant à la souffrance de cette vieille dame, non seulement clouée de douleur dans son lit, mais surtout privée de l'événement familial de l'année.

Il n'y a pourtant pas beaucoup à regretter, ce ne sera qu'une petite cérémonie autour d'une trentaine de personnes, avec un passage éclair à la mairie, puis la fête en musique servie par des morceaux des années soixante-dix et quatre-vingts, rock, disco, chansons françaises, slows, et puis au menu un repas fin pas forcément digeste pour des dents abîmées. Mais c'est le mariage de son petit-fils, et cela compte pour les personnes âgées, comme pour les aveugles qui, eux aussi, ont besoin d'échéances.

— Le reporter ? Mais tout est réservé, tout est prêt.

— Et alors ? L'un des buts quand on organise un petit mariage, c'est d'être entouré des gens qu'on aime le plus et qui comptent. Ta grand-mère compte pour toi, elle doit donc être présente.

— Mais toi ? Tu t'es beaucoup investie dans les préparatifs.

Je hausse les épaules avec une feinte désinvolture. Finalement ce n'est pas si grave d'annuler quand on sait qu'il y aura d'autres occasions plus tard, dans six mois, ou dans un an. Je me suis imaginée dans ma robe, élégante et romantique, dansant dans les bras de Lannick et dans ceux des autres invités, mangeant, buvant, riant. Je peux bien continuer à rêver quelques mois de plus.

Chapitre 15

Si tu tiens vraiment à quelque chose dans la vie, fais ce qu'il faut pour ne pas le perdre.

Anna GAVALDA

C'est avec un retard de quatre mois que Lannick et moi nous dirons oui. La grand-mère a tout fait pour pouvoir être parmi nous en ce grand jour, elle a combattu vaillamment la souffrance de sa hanche, elle était prête à se déplacer en fauteuil roulant s'il le fallait. Mais elle n'était pas assez forte pour gagner contre l'usure du reste du corps, malgré son envie de grappiller quelques mois de plus.

Nous l'avons enterrée sous une pluie battante qui pour moi ne changeait rien. Gris de la pluie, gris dans mes yeux, gris des cendres à la sortie du crematorium. Pour une fois il y avait beaucoup de gens pour qui les couleurs avaient disparu, ainsi que les formes, brouillées sous des torrents de larmes.

La douleur de la mère de Lannick, qui devait dire adieu à la femme qui l'avait portée, lui avait donné la vie, jour après jour, d'abord à son sein, puis dans des assiettes débordant de nourriture, me ramenait en arrière, quand ma mère s'était éteinte doucement, comme en s'excusant de m'abandonner à mon chagrin.

Ce chagrin-là ne se tarie jamais, il reste tapi, comme une plaie qui appuie là où ça fait mal. Car il s'agit de donner la vie, mais aussi un amour incommensurable, l'amour inconditionnel des mères qu'elles seules sont capables de donner, tissé de fierté, de tendresse, de peur, de dévouement. Le vide creusé quand elles quittent la partie ne peut jamais se remplir complètement, malgré l'amour des autres. Il y a toujours quelque chose qui manque, une attention attendrie, la certitude de compter plus que tout, et surtout la pérennité de cette certitude.

Maman ! J'aurais tellement voulu que tu sois encore à mes côtés, et que tu te sentes fière de moi vêtue de ma longue robe si belle.

* * *

Le samedi tant attendu arrive enfin. J'ai mal dormi, non par excès d'exaltation, c'est plutôt une peur diffuse qui m'étreint, comme un pressentiment lancinant qu'il va se passer quelque chose de mauvais. Mais que peut-il arriver de mauvais à un mariage ? Un invité peut ne pas venir, la pluie salir les chaussures et froisser les étoffes, la musique et les lumières tomber en panne. Est-ce que ces considérations prêtent vraiment à conséquence ?

Ce qui se faufile par-dessus ma joie et mes espoirs est comme une maladie insidieuse, dont l'apparence bénigne masque la gravité réelle, tel un piège sournois. Parce qu'une fois que j'aurai dit oui à Benoît dans ma longue robe de soie, que j'aurai bien bu, bien mangé, bien dansé, qu'est-ce qui restera de ces longs mois de préparation qui disent que le plaisir est autant dans l'attente que dans la réalisation ? Le mot fin résonne d'une cruauté insupportable, quand on ne sait pas quoi y mettre après. Je serai mariée, mais toujours aveugle. Rien ne changera.

Je me sens comme la vieille grand-mère de Lannick qui, du fond de son lit de retraite, épiait en vain les projets des autres.

* * *

— Est-ce qu'il va faire beau ? demandé-je aux yeux verts extravoyants de mon futur mari, pour dire quelque chose et peut-être conjurer le mauvais sort.

J'écoute la réponse sans y prêter attention, elle m'importe peu. Pour moi, qu'il fasse bleu, ou gris, c'est pareil, mais pour les invités, la couleur du ciel a son importance.

— Affirmatif, s'enchante Lannick. Aucun nuage perturbateur ne s'annonce à l'horizon. Ca va être une journée mémorable.

Je glisse dans mon soutien-gorge une photo d'où me sourient mes parents, mon père en uniforme de pilote, ma mère diaphane, déjà marquée par la maladie, qui lui donnait un visage comme venu de très loin.

Le oui que je dirai à Lannick sera aussi pour eux, j'ai besoin de sentir leur présence entre mes seins, ils accompagnent chaque battement de mon cœur. Ils m'ont donné la vie, et le sang qui pulse dans mes veines. Ils doivent être à mes côtés en ce jour où un père qui n'est pas le mien me donne à son fils.

Je m'accroche au père de Lannick, son bras me guide jusqu'à la place de la mairie, où doivent déjà attendre les invités. J'imagine les groupes formés, la famille de Lannick d'un côté, ses collègues professeurs en cercle en train de se raconter une anecdote à propos de l'un de leurs élèves. A l'opposé, Christophe et Emilien doivent être en train de parler à Benoît et par la force des choses, à Roselyne. Ce cher Benoît. C'est étrange, je n'arrive pas à mettre un visage au bout de son cou, il se liquéfie dans mes souvenirs, il devient flou, inconsistant. Il n'a plus le pouvoir de m'émouvoir ou de me faire du mal.

J'espère que Marlène a fait connaissance avec mes amies infirmières, je me dis que trois femmes célibataires ont dû se rapprocher les unes des autres, en brisant la glace par des paroles gentilles sur leurs jolies robes.

J'ai supplié Christophe de prendre beaucoup de photos de tous les invités, afin que, demain et les jours d'après, Lannick puisse me décrire leurs tenues colorées avec preuves à l'appui pour réanimer ses souvenirs. Je veux aussi des clichés de la salle de restaurant et de la décoration de la table, un de chaque plat, pour revivre d'une autre façon cette journée qui, par bien des côtés, m'échappe.

* * *

Les voix catapultées par les petits groupes me percutent, pleines de rire et de joie, et soudain je me sens heureuse moi aussi, enfin en communion avec l'atmosphère à la fois solennelle, et gaie, de ce moment. Je n'ai pas besoin de la voir pour la partager.

Toujours guidée par le bras robuste du père de Lannick, je me rapproche des voix de mes amis, mais j'ai beau avancer dans la bonne direction, je ne les entends plus, on dirait qu'elles s'effacent. Ce n'est quand même pas la stupeur de me voir parader dans ma belle robe longue qui leur cloue la bouche.

Que se passe-t-il ? Pourquoi tout s'est-il éteint ? Est-ce encore une épreuve à franchir ? Une minute de silence qu'on me donne pour que je me recueille, avant l'apparition d'une surprise qui peut-être s'est perdue en route et n'arrive pas ?

Mes sens sont tellement tendus et à cran que j'ai l'impression d'avoir le vertige, je sens de l'hostilité dans l'air, comme une menace en attente. Bon sang, qu'on me dise ce qui se passe ! Je n'en peux plus de ne pas savoir et, encore une fois, d'être ramenée à ma misérable condition d'aveugle dépendante du bon vouloir des autres.

* * *

Et soudain, ça vient. Des battements de tambour, comme une succession de coups de tonnerre, puis des sifflets issus d'une de ces cornes de brume à gaz chères aux supporters. Je m'imagine une manifestation en faveur de la protection de la planète, ou contre les taxes pétrolières. Ce n'est pas grave, ils vont passer, ils ne vont pas rester plantés devant la mairie. Il faut qu'ils se montrent, et défilent, et protestent.

Je tends l'oreille pour tenter de capter l'une de leurs revendications. Leurs cris, car ce sont véritablement des cris de bête furieuse qui se chevauchent sans la moindre harmonie, finissent par devenir à peu près audibles et j'arrive à capturer ce qui ressemble à des slogans.

— Scandale du sang.
— Transfusions à risque.
— Erreur de sang fatale.

De quoi parlent-ils ? Le scandale des malades transfusés contaminés par le sida et l'hépatite C date du siècle dernier. Pourquoi déterrer aujourd'hui cette vieille affaire ?

Les battements de tambour qui rythmaient la marche des manifestants soudain s'arrêtent et une voix s'élève, une voix que je connais bien, et qui me glace le cœur.

— Plainte contre une aveugle qui a contaminé des patients en attente de transfusion. Renvoyez l'aveugle ! En prison l'aveugle !

Et dans un ultime hurlement de haine, de cette haine atroce et stupide des supporters qui se croient investis d'une mission sainte contre l'arbitre, la voix gueule :

— Aux chiottes l'aveugle ! Aux chiottes !

* * *

Je vacille sur mes talons qui tout à coup me paraissent trop hauts, en équilibre instable, et pointus comme des couteaux. Cette voix ! Déversant contre moi des flots d'une aversion si tangible qu'elle me fait reculer. C'est un cauchemar dont je vais me réveiller. Il n'a aucune raison d'être devant la mairie, le jour de mon mariage, à m'accabler d'injures immondes.

— Tu vas te taire, bon sang ! intervient Lannick sur le ton qu'il doit adopter pour mater ses élèves indisciplinés.

— Me taire ? Tu plaisantes ! rétorque Marien dans un éclat de rire sinistre qui semble sortir d'une hyène et non d'un être humain. Je ne vais pas laisser cette salope d'aveugle s'en tirer indemne, après ce quelle a fait.

— Attention à ce que tu dis quand tu t'adresses à ma future femme ! Lâche plutôt ce que tu lui reproches. Qu'a-t-elle fait ?

C'est encore Lannick qui prend ma défense et pose les questions à ma place. Je suis trop faible, trop abasourdie, pour admettre que le Marien doux que j'ai connu et avec lequel j'ai habité pendant plusieurs mois, s'est transformé en cet homme haineux qui n'a que des insultes à la bouche. A-t-il souffert si fort de notre rupture qu'il croule désormais de rage contre moi ? En est-il arrivé à ce point de rupture où la raison n'a plus cours, où seule compte la violence des sentiments qui s'exaspèrent et qui véhiculent le plus mauvais de ce qu'ils ont ressassé pendant des mois ?

— Ta précieuse future femme s'est trompée d'étiquettes sur les pochettes de sang qui ont été envoyées à l'hôpital. Forcément, une aveugle ! On ne peut pas faire confiance à des gens qui ne voient pas. Elle a interverti des sangs de groupe A et B, et le patient qui a reçu du sang incompatible avec le sien en est mort.

L'accusation crachée par Marien me heurte en pleine face, je recule encore, je titube sous le poids qui vient de me tomber dessus, aussi parce que le bras du père de Lannick m'a abandonnée aux premiers rugissements des fauves.

Du cercle de mes amis ne s'échappe aucune réaction, rien que le silence, ce silence atterré des gens qui n'en croient pas leurs oreilles, puis doutent, puis soudain se secouent et admettent que ce qu'on leur apprend est peut-être vrai.

Ai-je pu mal étiqueter une pochette de sang ? J'imagine que c'est possible, aveugle ou pas aveugle, personne n'est infaillible. Cette responsabilité-là, je l'accepte. Mais qu'un patient soit mort à cause de moi, je n'arrive pas à l'envisager. C'est comme si mon cerveau butait sur une formule impossible à démontrer, malgré des flopées d'expériences. Je me débats au milieu d'un brouillard encore plus flou que celui qui flotte en permanence devant mes yeux, celui-là est plus opaque, plus dense, il pèse plus lourd, car il surgit de l'intérieur, là où se nichent les sursauts de la conscience. Je n'arrive pas à comprendre comment cela a pu arriver. Comment je peux être responsable de la mort d'un homme. C'est affreux.

Il faudrait demander des preuves. Le nom de ce patient que j'ai tué. Les mots se collent dans ma bouche, chassés par la peur peut-être, et par l'horreur de ce que Marien me reproche.

Et d'abord comment a-t-il su ? A-t-il fait des travaux de maçonnerie à l'hôpital ? Le patient décédé est-il un de ses proches ? Et puis pourquoi m'accuser, moi ? Il n'était pas dans la salle d'opération quand le sang a été transfusé, il ne peut pas être sûr que ce sang a été collecté par mes soins. Il conjecture, il affabule, il veut me faire du mal.

Je me raccroche à cette branche pourrie, je revois Marien, que j'ai connu doux et humble quand il vivait avec moi, mais qui un jour, en s'avançant vers un homme, a fait arrêter son cœur. Est-ce qu'on s'écroule ainsi de terreur devant un simple regard ? C'est que dans ce regard devait se refléter une sauvagerie de bête, une haine féroce prête au pire, parce qu'on l'avait bafouée. Cette haine absolue, c'est elle que je retrouve aujourd'hui dans sa voix hideuse et dans ses propos diffamants.

* * *

— Ce que vous dites est impossible ! s'écrie une voix fraîche et claire.

Elodie reprend ses esprits la première après le coup de massue du choc asséné par l'accusation de Marien. Elle a à peine fini sa phrase que des bras se plaquent sur mes bras, contre mon dos, autour de mes épaules, comme s'ils n'avaient attendu que cette affirmation tranquille pour enfin venir me soutenir.

Je palpe ces mains d'homme venues à la rescousse, parce que quelqu'un leur a dit que ce dont on m'accusait était faux, alors qu'avant ils n'en étaient pas sûrs. Il y a là les mains de Lannick, je reconnais aussi les doigts noueux de Benoît, les autres doivent être ceux d'Emilien et de Christophe, prêts à intervenir maintenant qu'Elodie leur permet de réviser leur jugement.

Mon esprit se met à vagabonder loin, je me souviens du rapport calomnieux de son copilote le jour où mon père avait estimé préférable de longer les orages afin de tenter de les prendre de vitesse. Je lui parle, je le pleure, comme je n'ai pas pleuré depuis longtemps. Papa ! Combien il a dû souffrir d'être offert en pâture aux reproches de son proche collaborateur. Est-ce que, comme moi aujourd'hui qui me retrouve assommée par les accusations de Marien, il a enregistré les propos de son copilote comme s'ils allaient le découper en morceaux ? Est-ce qu'il lui en a voulu ? Est-ce qu'il en a aussi voulu à ceux qui ont cru au rapport calomnieux ?

— Les groupes sanguins des pochettes sont toujours vérifiés avant la transfusion, explique calmement Elodie. C'est surtout pour vérifier qu'il n'y a pas eu de contamination par le sida ou par une autre maladie du sang. Cette vérification se fait à l'hôpital, quand les pochettes arrivent. Si Clara a fait une erreur dans l'étiquetage, elle a forcément été repérée.

— N'empêche qu'une aveugle ne devrait pas travailler dans un centre qui brasse un élément aussi vital que le sang, marmonne Marien.

La mise au point d'Elodie lui a fait perdre de sa virulence, il doit se rendre compte qu'il est allé trop loin et qu'il doit changer de ton.

Il y a encore beaucoup d'agressivité et de rancune injuste qui en émane, je réagis brutalement, j'ai trop souffert de son accusation pour faire semblant d'accepter son recul.

— Comme un handicapé de la jambe ne devrait pas se prétendre un bon maçon ! m'écrié-je. De quel droit oses-tu te pointer devant moi, inventer des horreurs sur moi, pour ensuite les recracher en espérant qu'elles me feront du mal. Parce que c'est ça, hein, avoue, tu veux me faire souffrir ! Mais pourquoi ? Parce que je t'ai quitté ? C'est pitoyable ! C'est lâche ! J'ai bien fait de te demander de partir, quand je vois ce que tu es capable de me faire ! Salaud !

Je mets dans les insultes que je lui crache à la figure toute la haine qu'il a déversée tout à l'heure contre moi, c'est comme si je l'avais capturée et que je la lui renvoyais indemne, catapultée par mes mots à moi.

Je trépigne de rage, de chagrin, de déception, ça s'embrouille dans ma tête, ses accusations mensongères, sa voix fielleuse, son désir de vengeance, que je ne comprends pas. Comment peut-on vouloir briser quelqu'un qu'on a aimé ? Parce qu'on a souffert ? Mais la souffrance n'excuse pas tout. Comment peut-on avoir l'idée d'accuser quelqu'un de meurtre ?

— Et ce patient en salle d'opération ? Est-ce qu'il est vraiment mort ou est-ce que ça aussi tu l'as inventé ?

Les mots sont sortis tout seuls, sans que j'ai le temps de les penser et encore moins de les retenir. Ils s'imposent d'eux-mêmes, avec une implacable logique.

— Ce que je sais, c'est qu'il y a des choses qu'on ne devrait pas laisser faire à une aveugle !

— Alors c'est vrai, il n'y a pas eu de mort !

Je lâche prise sous ce dernier coup, c'est la révélation de trop, la bourrasque finale qui après avoir déchiqueté les feuilles et les branches de l'arbre, s'attaque au tronc et l'emporte dans son dernier souffle. Je m'effondre à genoux. Je n'ai plus de force pour me soutenir, plus de mots pour comprendre et me soulager. Seuls des flots salés bouillonnent dans le vide de mes yeux. Une pudeur qui ressemble à de la honte me les fait cacher par mes mains, parce que c'est à cause de ma cécité que Marien me couvre d'opprobre. Il n'a pas supporté de s'être fait larguer par une aveugle, une moins que rien. Je n'ai pas tué, mais qu'est-ce qu'il lui en coûte de m'accuser ? Les aveugles, on les met de côté, au rebut les aveugles. Bien contents que quelqu'un accepte de parfois lever un œil sur eux, de se mettre en couple avec eux, il ne faudrait pas en plus qu'ils se croient permis de partir. Ou de se faire épouser.

Mon ego dépecé à son tour s'effondre et ouvre en grand les vannes. J'oublie la présence des autres pour me noyer dans un chagrin si tourmenté qu'il se nourrit à ma peur rétrospective d'avoir passé pour une meurtrière, à mon humiliation, à mes désillusions aussi.

* * *

Lannick me guide jusqu'au banc le plus proche, celui du square devant l'école. Il me porte plutôt, je suis comme un pantin désarticulé qui demande grâce.

Marien et ses amis ont abandonné le champ de leur bataille et de leurs fausses rumeurs, ils ont rangé les tambours, les cornes de brume et les cris. Mais les mots qu'ils ont hurlés pèsent encore sur le bitume de la place, ils pèsent sur tous les protagonistes de la scène, ils ne disparaîtront pas. Ils sont dans les oreilles de Christophe, d'Emilien, de Roselyne, de Lannick, des autres, Morgane, Elodie, Nellie, j'en oublie, de ces invités d'un mariage qui n'a pas lieu.

Que s'est-il passé devant la mairie pendant que je me roulais en boule pour tenter de me soustraire à la souffrance ? Y a-t-il eu échange de piques acerbes entre les deux clans ? De coups de poings ? Est-ce que l'affrontement a dégénéré en bagarre ? Y a-t-il des blessés ?

Je n'ai rien vu, forcément. Recroquevillée dans ma carapace de marionnette, je n'ai rien entendu non plus. J'ai seulement subi. Et ce qui remonte à la surface, c'est la honte, comme si les paroles fielleuses de Marien s'étaient ancrées dans mon corps de sable et le pilonnaient inlassablement. Il y a des mots qui ne disparaissent jamais et qui blessent plus profondément que la pointe acérée d'un poignard.

Aux chiottes l'aveugle. Des choses qu'on ne devrait pas laisser faire à une aveugle. On ne peut pas faire confiance à des gens qui ne voient pas.

C'est comme une marque brûlante d'infamie incrustée au fer rouge, une flétrissure indélébile qui m'opprime et me coupe les ailes.

* * *

— Quel enfoiré ce type !
— Oser inventer des trucs pareils !
— C'est dégueulasse !
Mes amis nous ont suivi jusqu'au banc du square. Leurs voix me parviennent floues, comme si elles avaient dû traverser un très long désert, elles ne sont que colère et indignation, regret peut-être aussi que le mariage soit annulé.
— Est-ce qu'on ne pourrait pas essayer de voir avec le maire s'il est possible de reporter la cérémonie un peu plus tard ? demande le père de Lannick. Quand Clara aura retrouvé ses esprits.

— C'est vrai ça, dit Morgane. Tu ne vas quand même pas annuler ton mariage parce qu'un fou furieux a décidé d'insulter ta future femme.

— Insulter et diffamer, s'il te plaît, réplique Lannick. Ce n'est pas anodin.

— Mettez-vous à la place de Clara, fait à son tour Benoît. Après ce qui vient de se passer, croyez-vous vraiment que vous seriez en état de vous marier aujourd'hui ?

J'écarquille mes oreilles, surprise par les paroles de défense de Benoît qui coulent douces en apportant un peu de baume à mon cœur. Le voilà qui s'ébroue, il reprend conscience avec une énergie renouvelée, il pompe à grands coups désordonnés. Qu'est-ce qu'il me dit ce cœur reconnaissant ? Que je suis décidément trop sensible aux gens. Ma cécité me fragilise, j'étais plus dure avant, j'attendais moins des autres. Aujourd'hui les paroles malveillantes d'un Marien me blessent comme si elles émanaient de mon ami le plus cher, et parallèlement, celles d'un ancien compagnon de vie me réconfortent et me raniment.

L'empathie présente de Benoît rachète le courage qu'il n'a pas été capable de puiser quand nous étions ensemble. C'est comme si les dix ans passés avec lui propulsaient aux oubliettes les quelques mois vécus avec Marien, je veux annihiler son souvenir, annuler sa trahison. Et me relever.

Il y a des choses qu'on ne devrait pas laisser faire à une aveugle.

Je vais lui montrer qu'on peut faire confiance aux gens qui ne voient pas. Qu'ils sont capables de se rapprocher de l'impossible. Je dois lui prouver qu'il a tort. Mon père n'a pas eu le temps de se défendre contre l'attaque double de son cœur malade et de son copilote hargneux, moi je vais le prendre ce temps, même s'il me faut des années. Pour la mémoire de mon père, de ma mère, et pour tous ceux qu'on bafoue à cause de leur infirmité. Et d'abord pour moi.

Je me lève du banc, je prends la main de Lannick et l'entraîne vers la mairie où notre mariage nous attend. Je sais que demain je me lancerai dans des études de médecine. Que dit le dictionnaire ? La médecine est l'art de prévenir et de soigner les maladies de l'homme. Je devrais être capable d'apprendre un certain nombre de choses sur le sujet, sur un certain nombre d'années. Je suis aveugle, mais on ne me mettra pas au rebut.

C'est la vie Lily[29]
Quand tu vas dans les rues de la ville
Tout le monde t'admire et tes sourires
Et ta jeunesse font rêver les [...]

Notes

Note 1 : extrait de « Aiwa », MC Solaar.

Note 2 : extrait de « Caroline », MC Solaar.

Note 3 : « Noir c'est noir », Johnny Halliday.

Note 4 : d'après « Je suis malade », Serge Lama.
Extrait d'origine :
Je suis malade
Complètement malade
Cerné de barricades.

Note 5 : extrait du livre « La modiste de la reine », Catherine Guennec.

Note 6 : extrait de « Les vieux », Jacques Brel.

Note 7 : « Ne me quitte pas », Jacques Brel. Extrait modifié :
Moi, je t'offrirai
Des perles de pluie
Venues de pays
Où il ne pleut pas [...]
Je ferai un domaine
Où l'amour sera roi
Où l'amour sera loi
Où tu seras reine.

Note 8 : citation de Fiodor Dostoïevski.

Note 9 : « Les fantômes de Goya », Jean-Claude Carrière.

Note 10 : « Vivre ou ne pas vivre », Cœur de pirate, Arthur H, Marc Lavoine.

Note 11 : extrait de « C'était l'hiver », Odyl.

Note 12 : « Je veux du soleil », Jamel Laroussi.

Note 13 : extrait de « Tombé du ciel », Jacques Higelin.

Note 14 : « Seras-tu là », Véronique Sanson.

Note 15 : « Chanter », Florent Pagny.

Note 16 : extrait de « C'est bon pour le moral », La compagnie créole.

Note 17 : « Pas assez de toi », Mano Negra.

Note 18 : « Ainsi soit-il », Louis Chedid.

Note 19 : extrait de « Le chanteur abandonné », Johnny Halliday.

Note 20 : citation de Cicéron.

Note 21 : extrait de « La vie par procuration », Jean-Jacques Goldman.

Note 22 : d'après « La cigale et la Fourmi », Jean de la Fontaine.
Extrait d'origine :
Nuit et jour, à tout venant,
Je chantais, ne vous déplaise.
Vous chantiez ? J'en suis fort aise.
Eh bien ! dansez maintenant.

Note 23 : « Chacun fait », Chagrin d'amour.

Note 24 : extrait de « La chanson de Jacky », Jacques Brel.
Extrait d'origine :
Être une heure, une heure seulement
Être une heure, une heure quelquefois
Être une heure, rien qu'une heure durant
Beau, beau, beau et con à la fois.

Note 25 : « Qu'on me donne l'envie », Johnny Halliday.

Note 26 : « Tout ce qui nous sépare », Jil Caplan.

Note 27 : extrait de « VIP », Françoise Hardy.

Note 28 : extrait de « Lili Marlène », Patricia Kaas.

Note 29 : extrait de « C'est la vie, Lily », Joe Dassin.

Note 30 : extrait de « Le temps est bon », Isabelle Pierre.

Note 31 : extrait de « Pas eu le temps », Patrick Bruel.

Remerciements

Je remercie, pour leur contribution involontaire à la musique et à l'intérêt de cette histoire :

George Steiner, Jean Dutourd, Paulo Coelho, Victor Hugo, Patrick Cauvin, MC Solaar, Amin Maalouf, Ray Charles, Gilbert Montagné, Johnny Halliday, Jeanne Bourin, Serge Lama, Gilbert Cesbron, Janine Boissard, Catherine Guennec, Jacques Brel, Fiodor Dostoïevski, Jean-Claude Carrière, Coeur de pirate, Arthur H, Marc Lavoine, Katherine Pancol, Anna Gavalda, Odyl, Jamel Laroussi, Jacques Higelin, Véronique Sanson, La compagnie créole, Mano Negra, Louis Chedid, Joe Dassin, Isabelle Pierre, Florent Pagny, Jean de la Fontaine, Franck Bouysse, Ahmadou Kourouma, Jean-Jacques Goldman, Chagrin d'amour, Paul Rougier, Jil Caplan, Jacob Bolotin, Clara Dupont-Monod, Véronique Olmi, Françoise Hardy, Patricia Kaas, Patrick Bruel, Cicéron, Louise Brooks, Rihanna, Clive Owen, Kristen Stewart.